裹着风雪的羊皮袄

◎ 田霁春

XZCB 西藏人民出版社

2021年西藏自治区文艺创作扶持项目

图书在版编目(CIP)数据

裹着风雪的羊皮袄 / 田霁春著. --拉萨：西藏人民出版社,2022.12

ISBN 978-7-223-07251-9

Ⅰ.①裹… Ⅱ.①田… Ⅲ.①诗集-中国-当代
Ⅳ.①I227

中国版本图书馆CIP数据核字(2022)第217664号

裹着风雪的羊皮袄

作　　者	田霁春
责任编辑	黄霞
封面设计	格次
出版发行	西藏人民出版社(拉萨市林廓北路20号)
印　　刷	西藏山水印务技术有限公司
开　　本	787×960　1/16
印　　张	17.875
字　　数	53千
版　　次	2022年12月第1版
印　　次	2022年12月第1次印刷
印　　数	01-1,000
书　　号	ISBN 978-7-223-07251-9
定　　价	38.00元

目　录

◆ 第一辑　农事·新雨带云 / 1
春天的迹象 / 2
把三月的心思吐出来 / 4
时间的掩体 / 5
生活不在别处 / 7
在激流里打捞春风的乳名 / 9
春天就在残雪下渐渐长成 / 11
借着环湖的星光 / 13
春天在暗地里受孕且生长着 / 15
当我铺开稿纸抒写这样的期许 / 17
山中村寨 / 19
我认出了四月的雪 / 21
高原断章 / 22
我们都是世界的局部 / 25
有人拿光芒洗脸 / 27
没有被夜篡改的光 / 29
土地的谱系 / 30
来西藏旅行遇上雪崩 / 32

论山为万物之父 / 34
在靠窗的位置，我们谈论母亲河 / 36
有些面孔随时都会推门而入 / 38
听友人谈起他毫无张力的往事 / 40
北方以北 / 44
一条在水底能找到脚印的河 / 45
水在任何一种容器里都盛满平等 / 48
河水与岸 / 50
午夜随感 / 51
我曾经按兵不动 / 53
牧羊人的孩子就是草原的后裔 / 54
那个导游说这是他第 101 次路过 / 55
羊卓雍措的那一抹蓝 / 57

◆ **第二辑　夏风·紫霞争涛 / 61**
一场暴雨来时多么急迫 / 62
背影 / 65
蓝色的潮汐 / 67
想起那时候这边枝椏也曾飞花 / 70
一座城的胎记 / 73
突围 / 75
在小镇 / 77
时间的岛屿 / 78

雪山上有一帘瀑布 / 79
地平线 / 81
一匹马,嚼着沿途的风景 / 83
从导游口中吐出许多局部风景 / 84
一袭黑衣的蚂蚁 / 86
你用一双暗苍色的眼睛屠杀风景 / 88
一条河在天界流动 / 90
灵魂在行走 / 92
草原的虚与实 / 94
执剑者语录 / 96
草是山坡上的一种意绪 / 98
远水驮着出山的云 / 100
驻村的那些寻常 / 101
珠峰问 / 103
你恰如其分的美 / 104
劳绩的人啊,也不缺轰鸣 / 105
一面湖卷起水的疙瘩 / 107
告别诗歌浮肿的脸部 / 108

◆ **第三辑 秋露·千穗青稞 / 111**
秋天的衰亡史 / 112
秋风吹老了少年郎 / 114
唐东杰布论 / 116

怀抱时光的琴,抚弹一曲 / 118

青稞垛 / 122

与外省青年一样 / 124

邂逅暮秋 / 125

我的诗有了头发的长度 / 127

读不尽的雅鲁藏布江 / 128

土地载着丰收途经我们的梦乡 / 132

当河流节节败退 / 134

藏地绝版的锅庄舞 / 136

曙色 / 138

异象 / 140

枯葵 / 141

去外地掘一筐黄金,讨一个婆姨 / 143

对于不夜城的一种看法 / 146

山乡场域 / 148

九月的断想 / 149

风暴与古琴 / 150

土壤献歌 / 152

兼论放牧 / 154

这时的青稞已经抽穗 / 156

一条河和我们的日常 / 158

日喀则观景台 / 160

善念 / 162

阳光,是火焰里上等的金子 / 164
有些邂逅无法虚构 / 165

◆ **第四辑 冬藏·卧听寒雪 / 167**
入冬的第一场雪 / 168
谁给谁持灯 /169
今夜大雪封山 / 171
裹着风雪的羊皮袄 / 173
有些夜景已经变形 / 175
后来星星与火一起熄灭 / 177
与雪进行一次精神对话 / 179
祖先血泪漫过的水域,也曾兴戎 / 181
我欣然写下一行雪山笔记 / 183
雪夜围炉 / 185
想起牧人的转场 / 186
木船 / 188
高原名花第一枝 / 189
翻过雪山还是雪山 / 190
我只能折一枝雪花送你 / 192
空山拽不住一朵闲云 / 194
一山之上年龄相差万年的雪 / 196
天赠冬色 / 198
马背上驮着暴风雪 / 200

也该谈谈暴风雪来时的样子 / 202
守住黑夜就守住了一切 / 204
雪地下深埋着万物的骨骼 / 206
雪的狂想曲 / 208
我愿和天的蓝共色同族 / 209
我的大雪及其丰年 / 210
在帕羊镇,我便在西藏以西 / 212
我跃上马背暴风雪就是匍匐的随从 / 217

◆ **第五辑 逆光·精神修葺 / 219**
当时光途经 / 220
论雪莲的象征性 / 221
别一种想念 / 223
那年,那一朵雪莲花 / 226
所有的马蹄都在逆风中疾驰 / 228
扶贫攻坚战役颂 / 230
他跪在风雪中雕凿人生 / 235
光的混合物 / 237
写在江城武汉封城之夜 / 239
身披战袍的人 / 241
兼论爱情的荒原之一 / 243
兼论爱情的荒原之二 / 244
在拉萨至成都Z324硬卧车厢上 / 246

命运有一种落差的美 / 248
2020:兼赠奔走在抗疫和扶贫一线的你 / 249
生活常在风来雨去中出没 / 251
在阿里古格王朝遗址 / 253
阿里草原上的牧羊人 / 255
酒杯里的乡愁 / 257
西藏,写着我们革命和战斗的年鉴 / 259
移植光的人 / 262
记得那年,我守过七个月的靶场 / 264
太阳是宇宙里鲜活的藏品 / 267
也算是一页备忘录 / 269
一人怀抱月光走来 / 271
就像两个灵魂的初次相遇 / 273
但夜不会一直持续 / 275

第一辑　农事·新雨带云

二月的高原，回荡着一种寂静

偶有凛冬残雪和早春的气息。

每一块岩石，都站立成生命的样态

每一片草色，都还原了自然的恩赐

雪片落地，即刻转眼成别。

——《春天就在残雪下渐渐长成》

春天的迹象

从云端俯瞰苍茫的，人间气象
峰峦之影在山谷，着意隐藏
于生活里眺望一河之尾，多么渴望
无际的大海汪洋

冬雪的骸骨在群山旖旎，我伏案
写下春天的宣言，和万物的合唱

你是春天，你是季节初始的一脉
你是刚刚睡醒的那绺土地。你是
一眼望不到头的绿意尽染，或者
你是上百个村庄毗连的，苇草河岸
你是春天，静水漂浮着云的白、天的湛蓝
那一刻水面掠起的惊艳。风儿在树梢荡着秋千
春天是生命的唤醒，草木轻轻按下触屏键。
午后的阳光在叶子上一寸一寸地弥漫。

春天是始源，是新生荆棘的锋芒。
春天是岁月的预期。

当季节的木轮车经过阡陌
春天是孩子们手中的风筝
奔跑的少年，成长中那无忧时光。
拉开一帘绿色纱窗
春天是薄雾里踏青的姑娘。
春天是三月的馥郁，柔风弄影
春天是野火的余灰下，窜出的嫩黄
按捺不住原野的草香。

春天是乾坤之间回环的光
积云孕雨时，万物生长

鸟鸣卷起溪水的涟漪
是谁？闲闲地走进长街窄巷
坊间流过一丝的音，那一小撮微微的天光
冰寒褪去了衣裳。
春天是洒满阶前的金阳，
春天是谷雨时节植物的造像
冰凌撵上了拱桥下的波浪。

当莺飞草长，我挥笔写就田野的端倪，和气象
当暮春花谢，春天也这般的匆忙

把三月的心思吐出来

用柔软的结绳，把一河的故事挽住
镶了金边的斜阳，使河水生辉
泛光的水鸟，追逐晚霞烘焙的梦
原野上一撮撮无名草，总想按时
把三月的心思吐出来。

对于土壤的修为，不以农作物的丰收
不以土壤与犁铧的碰撞为其终极要义

我点起火把寻访一册河谱。
残红一寸一寸地挪走
天幕散开夜的日常。

群山和夕阳都在水面上对镜
长天里的意境
微波细浪里气韵成章。

时间的掩体

当一场大雪把春天封存
封存在二月的岛屿。此刻
天云密布，斜阳风急
我挥笔写下冬天的讣告
和寒流的墓志铭

还追问，涟漪的春风
将以怎样的装束浮出水面？那一潭清影
春天在丛寒的弯道疾驰，冬天尚未让行
而人群依旧踩着雪的残骸，行进

我怀念雪地上漫流的火焰
新阳下多少白云筑巢，锦绣的飞鸟
我翻查案台上的日历，这时间的掩体
有碎片在重叠造势，有风力暗自移动芳华

三月的走廊从草原上，开始
嫩绿的草尖探头探脑。春临河畔
是夜，狂雪再一次扑向山岗

春天被冬天按进河水里，豢养
涧水无极。幼草被粗粝的风雪挟持

扬一把沙砾，辨认四月的风向
旷野的草木被软泥唤醒，枕于季风的激昂
冬死在，春风逼近的那个晚上

生活不在别处

风疲倦的时候，有一种静
所有被风掀动的轻盈，都会停下步子。
连续的阴雨，灵魂容易受潮
山村浅蓝的炊烟。泥土中有一截草根
一根烟蒂

失眠者半夜醒来，总要看看钟表
问一声夜，离黎明还有多远的距离？
当梦一袭长裙，正泅渡忧郁之河的时候
神向每一位失眠者分发细密的月光碎片

夜色下的树，抗拒着势不可挡的风
夏花击不败秋风，晚秋终死于霜雪
生活常在风来雨去中出没。世界太过摇晃
我们拥有旧时光的残骸。心情常常被拆迁

把自己蜷缩成一个逗号，击落
人世游弋的光标。不羁是个奢侈的修辞
谁和谁在迎娶暴风雪的姊妹

树木不是河畔的鬓发，是守望激流的人
往事不是在一堆废铁上可以捡到的，内容
生活才是地球仪上的经纬线
有形、有韵、有致
有人手抱书卷，翻着，翻开激浪的潮头
有人一路打马，读风、读雨、读蓝天
有人放歌花丛，呼唤万山春风长留
树上有金黄的叶子，垂落。此刻无风

在激流里打捞春风的乳名

天外忽然飞来飘雪
行人的肩头落满山花万朵。在乡间城廓
望山川风物，我极力掩饰某种惊喜
山坳里平添一丝暖色，
入怀的雪花多像早春的特使。
踏雪而行，有人低吟
草色渐有却无的岁序长歌

大雪初霁，草木期待着
风掀开雪的衣襟，我看见蜿蜒的车辙
村庄的发际，最是那垂柳上的新绿。
鹰翅掠过天空的蒙尘，
阳光拂去湖尾上衍生的雾。

流云下，南来的雁一直向北飞去
翅膀下挥舞着春季的欢欣。
总把那些将来景致，想象成真切的现在
我等待的春风夏雨正翻越山峦。
那时候，初夏的蜂蝶也将从四面八方涌来

推开一幔窗也就推开了山泽绿意
一帧影像里藏着蕙草千丛
流水过处，我扶一根长蒿
在激流里打捞春风的乳名。

春天就在残雪下渐渐长成

二月的高原，回荡着一种寂静
偶有凛冬残雪和早春的气息。
每一块岩石，都站立成生命的样态
每一片草色，都还原了自然的恩赐
雪片落地，即刻转眼成别。

推开二月的窗户，望得见雪山
还未发芽的树，枝杈间泄漏了开阔的光。
沟渠的水在流淌，偶有浪花泛起
种籽深埋，一年庄稼的腹稿
在土壤的黑暗里静静构思。

三月的高原持一份慵懒，牵来
一个迟到的春天。村庄做过的梦
从杨柳叶子上缓缓舒展开来，一夜轻摇
已是万缕千枝。

四月的高原，残雪未尽
它像民间曲艺人的手稿

虽字迹潦草，但音色冰清。
一个村庄的人和事
充满了某种植物气息，
一个伟大的命题，在盘桓
试问春风，为何蹒跚在荒原之上？
在人间四月，偶尔想起林徽因的诗句
行进在雨夹雪的天气

黄昏，一抹流霞剃度归隐
我是一个被春风加持的信徒
净土之上如何缱绻悱恻。
那一绺山川的原貌，依依不舍的暖阳
矮草的曼丽、柔水的品性、山坡的花汛
我愿以此为邻。

望见了又一个山村，炊烟几抹
河水清凌，生命的光辉丽质
律动一派诗意。风儿轻唤
春天就在残雪下渐渐长成。

借着环湖的星光

在雪地上，有人燃起火把
三更已过，听五更刺骨的河水
梦醒时分，天色微茫。

赶到羊卓雍措，有人把心贴在湖面
瞬间被风吹皱，飘成一朵睡莲。
湿云弥漫开一层薄纱，披在卡若拉冰川的肩上
丝织的幡旗，欢快的重复挣不脱风。
牦牛驮来冬天的雪花
野草混迹在游人中间。
有人把双掌举过头顶，在湖畔匍匐
牦牛绕湖三匝，岁月已过千年。

借着环湖的星光
有人让蓝色的湖见证他们的爱情
爱情的深度和维度隐约地被照见，
还照见了那些离去的背影，连同
环湖周边孤寂的山。

身后涌起一团火焰,把酒杯举过火焰。
当羊群如鸟落满草原
这草原酷似一座无边的圣殿
爱的旋律,瞬间被朝霞的扇面打开。

春天在暗地里受孕且生长着

炊烟绕过山村屋舍
烟岚在上升中，几经变换

几株孤草做了清溪上的舟楫。
谁能洞见上游会有什么飘浮下来呢？
从寒山上一路碎步而来的这条溪水
通宵达旦地誊写春意。

山巅的雪，是风暴的必经
牧歌在草地上放逐音域
秃鹫在云端扑闪着双翅
一团云，流蛮而旷远
那般的含蓄。雪花压不住嫩芽的好奇。

草地上的雪水，浸湿了隐形的鱼尾纹
大地捧着雪，阳光吞咽着雪
泥土的腹部粘着雪
春天在暗地里受孕且生长着。

风中寒雪，磨洗出月光的银白
生命凭借一种坚韧，从冬夜过境。
我们毕其一生，寻觅丹山碧水
让泥巴再度裹紧，丰收的根系。

当我铺开稿纸抒写这样的期许

枯草啊，你们正头枕残雪
而春风渐近，我为你细数详情
大地河流，都被这样的气息唤醒

春天的鸟巢，还没有被翻飞的翅膀衔来
阳光里存有一丝暖意
候鸟们正忙着编排，春之舞曲

春天的新茶还没有沏好，而我
正手捧冬天的枯骨，面朝北方
壁立千仞的雪色，依旧
山风奇寒，鸟鸣低徊在狭窄的河谷

一只鸟衔着一截枯干的花卉
搭建新的鸟窝。春天是鸟儿的乐土
冬日的封面积满旧年层灰
春风在叩门，窗外的绿也将翩然而至
当我铺开稿纸抒写这样的期许
一份欣喜就掠过草原，春之短暂

正如指缝之沙篮中清水

请问：时光等过谁啊？
野草疯长，庄稼葱郁。
秋风起大雁南归。有人相聚
饮罢月下新霜，手握倒扣的酒杯
垄上秋雨旧雪来来去去，行人静默
这半坡心事，从山间涌来
我叩问高原的地火
错过了渡口何处觅舟？

山中村寨

从藏民族母语的朗读声里
我感知一个村庄祖露的历史及其表述方式。

几棵老柳树和弯曲的牛角，把村寨守望
那是我心中，一座伟大城堡的禀赋。
群山的巷道，走过牧民的后裔
从高高的山岗揭下一张岩画，
它链接的是叠沓的灯盏，千年目光。

金子一样的岩石铸成远古文明的高墙。

我愿意在此地长梦不醒
琵琶掠过天际的繁星。
是谁？枕着银河入睡
飞过大草原，那一行高贵的鸟鸣
是倒挂在拂晓前的露珠
还是摇落树叶的山风？

这面山坡，散落着无人照料的风景。

清晨的油菜花黄，相赠于蝴蝶和蜂蜜的家族。
河谷的马群又嘶鸣了一声
山腰的几只鸽鸟被惊飞，乱了几朵纤云
壮硕的西北风，卷起曙色的草茎。

我认出了四月的雪

水草之间，一些日子融入小溪哗哗流淌
千丛繁花有风撵来，风送涟漪
四月的雪呀，一边分娩一边阵亡。

看那蜜蜂，正欢欣于花草摇曳的湿地上
飞呀飞呀，在低矮的花丛中采花、歌唱。
暖暖的光照在了水上，那水
变幻着点点花样
草叶生长出有棱有形的锋芒。
一团云借给大地一片荫凉，
一团云牵延出大地对雨水的想象。

雪歇息过的地方，已被泪花洇湿
柔风走下山坡，溢满了牧区小学的操场
和一群弯腰做操的少年打了个照面
就擦肩而过。

草原上有被狼搅乱的气氛
牧羊人满眼草色，互赠民歌的唱词
牛羊散开，牧羊人的心情被微风烘托
蜜蜂落入花丛，正如点滴之水归置大江

高原断章

帐篷外一股溪水。柔软的雪
把一颗明净的心安顿在草原上
举头远望，一寸浅绿托举起万缕新阳

当滚烫的溪水在炉火上翻滚，岁月就慢慢地
泡开了木碗里的茶香。淡淡的
这涓涓溪水，源于神山圣地

我看见溪水就像看见雪，
这水做的衣裳，早晚得被水穿破
我举起木碗里的茶
就举起一千朵纷飞的雪花。
光阴游走
静待山坳，牧归时候夕岚满天。

雪，可以击碎岩石，可以压塌石屋
可以烛照灵魂的散与缺
茶，是被袅袅炊烟薰黄的日记
茶道高深，泡茶就是泡开一段故事

街坊里的聊斋、盖碗上的三国
英雄格萨尔的唱词能否唱它个一千零一夜?

舀一瓢雪水煮茶,把生活煮开煮透
煮茶也就是煮景色、煮想象
就是煮开满眼的疑惑。煮开
语言的罅隙与遮蔽。
茶,可以泡开心灵的褶皱
可以泡开一部分苦难孑孓
水流清影,茶正在泡开一些多年的误会
使聚少离多的家人、朋友
深谙群水煮云的茶道。

闲云飘,汤汤雪水而远逝
季节的风车在转动,生活的流水常拐弯
一切大抵如此

帐篷以西有一面湖,光闪墨蓝
面朝太阳,眩晕的光环东倒西歪。
我多么想,把头磕在湖心变成水里的瓤
我多么想,在湖岸舞蹈
旋转成一撮缤纷的火苗,
蓝的焰,史书的卷黄。

帐篷东边有一条小路
路旁守着几棵歪脖子树，寿星一样的
粗粝的老胡杨。
听闻了战马嘶鸣，见识过雨打风吹
承受着烈日熏染。依旧和牛羊一起
守着翠绿的牧场，
守着牧人的光阴。

我们都是世界的局部

我到过珠穆朗玛峰的脚下
那是许多年以前的事，也曾
想象着能在它的脊椎上讨论高度

我在那里饮马煮雪，一停
春秋数度。风吹过
万重山水挡不住雪片一样纷扬的思绪
吟风诵月都成过往
我常常望着远处的雪山
问自己，山的那边究竟是什么？
就像一些人，扶着紫金山天文台的望远镜
瞭望宇宙的深邃、浩瀚及其辽阔的意境

雪山，多像地球的神殿上倒扣的一只银碗
它归置于高傲的家族系列
它是我心湖里激荡的纯白
常年披着裘衣，高处更显圣洁
它，昭示着我对于过往时光
无穷尽的，缅怀

对于天地自然，油然而生的爱

当雪花群舞，我就会联想起伞形的水
以及它的横断面
热血在冰川上凝结
我的泪水你的泪水我们的泪水
相加，能否融化掉一座雪山
能否冲毁人世的羁绊和多重苦难。

我不与任何一座雪山炫耀江河
在雪山面前，纵横的流水都是它浓稠的血液
我们都是世界的局部
一万年以后，试想，这么多雪山
哪一座能守住一方石峭雪天？
山头的雪，不知会否流离尽散？
这千丛野草的湿地
这万花盛开的高坡
那时候，谁来降服大地的风沙？
谁来守护草原的绿
谁又是这沧海桑田上一颗吉祥的观音痣？
届时，从山那边吹来的风将没有雪的味道

有人拿光芒洗脸

青稞尚未抽穗。想起丰收
这时候的河谷，葱郁的叶子还在往上窜。
雷雨像天云编排的节目
喊里咔嚓几下就征服了观众。

雨后彩虹，斑斓了山谷的景。
一道满含水雾的流霞倾泻而来
这时，有人拿光芒洗脸
一转身，古铜色的面目淳朴绝艳。
他的肤色源于那一道又一道狰狞的紫外线
就像犁铧刺穿深褐色的山地。
半条河都被晨雾虚构，正午的阳光尖锐
整座山谷坐拥一方地灵水软
整座山谷沉浸在这样的初夏
这样的瑞草芊芊。

试问，谁的步履没有被大风掀翻过几次？
试问，谁的春秋仅仅满足守望一座雪山？
浅水浮不起任何船只

生命里不想只闻哒哒的马蹄声。
高原上半耕半牧的人，在山谷打马穿行
年轻的人们，总试图翻过大山
在城市撬动生活

没有被夜篡改的光

牦牛群中，有牧马几匹
春风急于证明自己，局部草原有蝴蝶点缀。

天幕一钩浅金染亮了时光的帆
谁将这一豆将熄的灯盏再次拨亮。
每一个夜都是崭新的。梦与梦毗连
白昼是夜的一个横断面。

我们眷顾绿色，垂怜草香
我愿我的精神气象如水的流畅
在陡峭的内心里，满载晚秋的一层繁霜

我把一个温婉的笑意赠给拂晓
推开一扇门，那是我嶙峋的乡村。
你隐秘的逻辑过于严谨
我们不谈泥泞、不谈救赎
我们弯腰，用肩膀扛起醒着的风雨
肩挑一担，没有被夜篡改的光。

土地的谱系

在我的宇宙的谱系里
太阳是为首的自带光芒的神
在我的雪山的谱系里
月光给予我银色草地，朦胧的爱情
在我的大地的族谱里
我们来自于土地，土地载着我们的修为
我们终将抵挡不住一种物理折返。

一座静寺，是我初遇的象形宗教
或者万物有神论及其他

此刻在这紫外线密稠的暖阳下
回望来时路，我甘愿放下行囊
接受命运的处置，与回忆的消磨
接受家人的疼爱，情感的盘剥
沉浸在雪山包围的，青春岁月

每一次遇见，都是风动幡旗，奔云之势。
每一次的微雨大雪

都能唤起我下落不明的灵感。
我多想再一次静静地闭上眼
听闻一曲远道而来的牧歌
让它唤起我生命里美好的眩晕

来西藏旅行遇上雪崩

太阳的头颅继续偏西。
你看那水波样的云彩
谁给蓝天烫了一个卷发头。
五色风马旗，神的衣衫，继续迎风。

午后，雷鸣隐约从西北方向赶来
半山腰湿漉漉的云，能拧出水

雪山以西还是雪山
草原的尽头还会是草原吗？
旅行的人们顶着夏日，踩着冻土
踩着云朵的投影
拥抱山水的神态从不吝啬
他们丢失在路上的方言和脚印
再回首，早已被风雪覆盖。
他们徒步在雪线，留恋于湖畔
他们穿行庙宇，静观一缕桑烟。

偶尔有人遇见一场雪崩，先是局部失控

然后大面积坍塌
把一面山坡的光有序掩埋。
我听人说过，如果在山下突遇雪崩
真有一种天塌了的错觉。
雪崩过后埋入地下的光
若干年后挖出来，仍旧是一堆炬火
炽烈。间或，噼里啪啦

论山为万物之父

一群雁在天空移动，它们的鸣叫声
最是能掀动风雪的断章
它们的人形雁阵，它们呼唤北方的春天。

雪花像飞扬的流苏，更像天际的重影
一山的雪，很静
一条弧线绕过直抵归海的川
也曾问天空问大地：
谁是呼风唤雨的交响曲？
谁是现代部落的筑路工？

象形的石头的禀性
散落在草原上的除了羊群还有歌声
它们都是万物的刨面

雪山的子民，受雪山的庇护与风雪为邻
背靠雪山，世代厮守草原
厮守着水势山形。
他们能够守住的，是门前的一草一木

是屋顶上的国旗，是一缕炊烟托起的柴米油盐；
他们能够守住的，是一方宁静的生活
是国与家，是一万年不倒的凛凛雪峰

守山的人家守护着脚下的一方冻土
守护着一片高寒的流风水影
守护着一个巨大的喜马拉雅群
守山人说，山里藏着紫气。
当山下牛羊成群，奔跑着健硕的骏马
这一座座山哟，何尝不是祖国的牵挂。

群山冷峻，而河却如自由奔放的马群
水流舒缓，滋养着傲岸的万物之父。
闯入高原的游人，徒步逝川之上叩问地理。
仰望四周的群山，天云涌动
邂逅一场晴云剩雨。
河流在山谷穿行，涛声
扭动弧形的腰肢优雅地转身。

在靠窗的位置，我们谈论母亲河

我们的生活常被一种低徊的烟云所笼罩
只有河流可以安抚我心
而河流正是我一生膜拜的神。
她的每一个心音，都源于遥远的倾听。
我寻找一个选项，剥离淤积的浊泥
从神学意义上讲，我必须致敬
致敬和母亲河一样的
这些伟大河流的前世今生。

可是，可是我们对母亲
对母亲河一样的母亲
多少年来手心朝上。
捕不尽的鱼啊吮不完的血
把母亲的这棵大树砍伐殆尽。
当我们最后告别母亲时
才知道母亲乃至母亲河
只是世间仅有的惟一。

我们坐在咖啡店靠窗的位置，谈论母亲河

脑海中回放着一些影像
连同散落于牧场上的牛羊。
忽一日，放羊娃得到消息说
自己喜欢的女孩跑到城里打工去了
放羊娃用了三天证实了这条消息的准确性
这之后，他变得沉默寡言。

他常常迎风而立，立于草原
风读着放羊娃的抱负，和夭折的爱情
母亲河的水正在经历最后的恶作剧。

有些面孔随时都会推门而入

能嗅到晨光涌动的东方海潮
山那边春风的味道

四野的风拽着东倒西歪的草
一匹骏马先于我感知光的声浪
以嘶鸣还礼。
人生如何不是一个牧场，

悬崖上垂挂绝美的天雨
弹一曲骤雨疾风。

山丘是村寨的脊椎，保持了托举的姿势。
牧场依附着雪山而建，千树依附着河畔而生。

在水一方的，除了故人还有斑驳的青春
要谈那些年，热血涌起就像一柄刀剑
有些景色已面目全非，
有些面孔随时都会推门而入，
有些年龄段安放着一张张证书，

那是需要卸下的时间的甲胄。

人生百味，经历过、沧桑过

是故，欺骗你的不骗你的，那都是生活

听友人谈起他毫无张力的往事

1992年春,邓公南巡。
你脚穿一双追赶命运的旧鞋子,涌向
潮水一样南下的民工潮。
火车载着你的鼾声和你的疲惫
隆隆前行。多么年轻的脸孔

一个时代将你抛向生活的前线
上前线的人,除了枪和子弹
一无所有。你的枪就是一双劳作的手
能移山填海。你的枪
就是能扛起一家人的温饱
磐石一般的脊梁。

那时候你拥有,过剩的青春
醒时梦中,贴身口袋
珍藏着自己一张摄于故乡的容颜。

当年水灵灵的故乡,如今回望
雾霾轻锁,雀斑初上

你用双脚丈量命运的距离，越走越长。
你在梦里遇见过幸运之神
你在升降的电梯里感受生活巨大的落差。

仰望着百米以上的高楼
有人在顶端，而你仍处在最底层。
你的迷人之处在于从不抱怨生活
虽说生活欠你那么多。身形早已佝偻
健康锐减，双手还在劳作。

纵然看尽千城繁华，但你仍旧
念叨着归根，叶落。
铺盖一卷，把躯壳运往乡下吧
有人问，你出生在乡下还没有听够看厌
这山涧的鸟语酡颜？
这丛草的叶脉花繁？

曾经啊，你用青春的艳阳
把流水作业线上的那一段照亮
你分不清挂在天上的日月
哪个代表白昼？哪个又代表黑夜？
你的三班倒来倒去，你的人生却从未颠倒过！

你的脸上布满劳作的憔悴
那是一道缺少睡眠的目光。
你打算回到乡下，你臣服地
向生活无条件地缴械投降！

曾经啊，一轮他乡的中秋圆月
从你心头年年挪过
你在天上寻找那一弯童年月牙
莫不是幼年你涂改世界的写生画
你问月牙，可否今夜
在酒杯里陪我，醉它一回，不醉不归

你仿佛被一个时代连根拔起
你把搞不明白的事统统归结于
乖张的命运。你向命运占卜、请教运程
命运还不是要戴上老花镜，把字典翻查。

你过去出发的地方已渐渐陌生，
你将要离开的城市恒常如新。

你回到那个叫做故乡的村庄
把异乡的苦难偷偷私藏。凭窗而立
一个时代的影像堪称家国绝唱

你青春的祭文被你读到灰烬
大提琴的音乐在父亲的墓地前徘徊不去。
人生疾苦的花朵，为什么一定要在沿途盛放?
物质的贫穷与精神的高尚千般交错。
贫困自有贫困的无奈，富有会否埋下富有的罪恶?
万顷汪洋在胸中荡来荡去
这风仍旧永恒地吹彻

白雪含有多种成分。
新雨从云端就开始啜泣
临水的心境，深蓝而辽远。

天要留客。你的一双粗糙的手伸过来
和我的手相握，两双手反复摇晃着。
无论发生什么，你都坚持等雨下完再让我走。
是山，就让湿云和白雪盘踞，
是水，哪会有不折不扣的畅流。

钢筋水泥的森林里
你透明的心迹被混凝土搅拌了半生
乡下有大把的风景，包括但不限于
灵秀的油菜花田，淳朴的乡音

北方以北

一场雪下得门前出奇安静，片刻
世界不语。只有唐诗宋词出行

这里的风光常年闲置。
遇到一场雪，万物从静默忽然雀跃。
当风从呼啸到奄奄一息
春天正在翻山而来。

“草枯鹰眼疾，雪尽马蹄轻”。
太阳还没有从容地咽一口雪
卡通画一样的雪团，就憨憨的站了起来

苍山与大地唇齿相依，问苍山也问大地
潦倒何妨，谁不惹几卷狂风？
在北方以北
寒流的本能，是把阳光终端的雪
一次性压缩成冰，
压缩成形，
压缩成诗。

一条在水底能找到脚印的河

天上的白云啊，莫不是我举过头顶的哈达？
地上的河流哟，莫不是我腰间馥柔的束带？

滔滔年楚河，你刚从喜马拉雅的母腹里挣脱
由南向北九曲迂回，经年穿越
沟谷里的农舍像摆放的陶罐，装满一河的传说
土石与草木装点着河流两岸
千年的风俗藏着流水的深意。
水暖风先声哟，声声鼓乐齐鸣
农田阡陌，像水绘的胡杨垂柳。放眼望去
有麦穗葱郁，有油菜花黄，有时令果蔬
沃土在四季兴废，西藏粮仓在这里拼写与组合。

清风吹开视野，此处山水悠然
繁密的叶轻摆着满树金黄
青稞穗的花粉醉了蜂蝶，庄稼集体舞动。

你润若千年的墨玉，分明是黛山的腹稿
你柔若旖旎的水声，来自于河流的诗吟。

水乳交融哟，我的母亲河
你是风云舒卷的雷电
你是湖泊沉静的蔚蓝
千顷农田上盛开着万朵花蕊。狭长的河谷
盛放了三分押韵，而总也掩饰不住的
是七分意态的美

河流为母，涓涓乳汁
喂养了两岸的麦穗与牧草，
你是浅水之处苦咸的盐，
你是深湖之境醉人的蓝。
我举目，你是浩浩月明照耀的小河
我垂首，你是径流大地血液的脉搏
我展翅，你送我以长风万里
我跨步，你引我以大路迢迢

山洪几度来袭，几度河殇。
年楚河，我的历经苦难的母亲河
水声歌声，从河畔流向更远的远方。
无论陡峭山峦，无论平缓谷地
河水总要分娩一部分涟漪
让河谷，繁衍鸟语，培植花香。

把树林当做一把天然的梳子

风被梳理过就柔了三分。
风被树的迷宫分解。这一阵和风吹过
叶脉上小小的瓢虫，有清晰的虎豹斑纹
岁月在田野里多么宁静。
当晚霞和炊烟一起跌入水里
水面上就钻出一轮含烟耸翠的明月

许久以来，我在河道上书写人生奔波。
穿城的河水，唱一首摇篮曲斑斓如歌，
穿城的河水，浆洗了衣裳的污和心里的浊。

有人在河面上放逐意气
只见万马奔流、东风过境，有献诗摊开。
猎取功名者，将被一河的巨浪吞没
金黄的青稞弯腰回报默然的劳作
风过，席卷生命自由的沉着。

年年岁岁，我们在这里做着生计取舍
过着河岸人家粗茶淡饭的生活
山上堆砌皑皑白雪，山下燃起凡间烟火
一阵晚风试图吹破一朵欲睡的花
——或者花魂，多姿且婀娜

水在任何一种容器里都盛满平等

阳光拨开流云和树荫，从山那厢
滚过来的春风，大面积裸露。
人类的想象力，在冷厉占领的雪塬上，走动
草色四起，此处也曾风雪遍野。

细雨淋湿了一截西去的风。神性的雨水
淅淅沥沥。这般的时辰
牧羊的少女把草原上的云影铺开

曲折而来的河唱着起伏的山歌。
暗夜的醒者望一眼安静的院落
点燃一根烟，不小心把黑暗烫了一个洞。

以另一种视觉观察水时，不用惊愕
水在任何一种容器里都盛满平等
水是最具广泛的通用物。当冰凌散去
当残雪煮尽，共赴向死而生
才是幻象与真实的共情。

水无法密封水的河床
沿途自会有一些诱惑爬上岸，死于痉挛。
干冷的风从龟裂的地表上爬过
风将公开贩卖风的残余
水终将一次次涌向颧骨，越过人们
宽阔的额头。

河水与岸

太阳和月亮一前一后，翻阅着人间历法
满江泥沙在浊水里，扭动

大河汤汤。眺望岸上的曙色
午后，泛白的河水悠远而深蓝
河与岸，彼此依存，互为掩体
水做了岸的内容。
长长的岸是水的衣裳，是水的象形
水面漂过岁月的淘洗
岸上有藤与树密匝的缠绕。

春风不来，邦锦花不开
我问水面上那一抹清辉
如果，你是我云霄的翅膀
我就是你花间的舞蝶
如果，你是我沿岸的落英
我就是你晴时的雨，雨帘下的一把伞

总想着天破晓，从牛粪上摘一朵花
把运气看淡

午夜随感

耕耘一洼阡陌，牧养三寸水草
路过江边，听涛声正浓，读风雨正好
常把远山的苍云看淡，无烟的风前白浪翩跹。
谁的心情因何破败不堪？

青春是芬芳的一景，行走中岁月如帘
轻轻一掀，荡气回肠的故事随风而散

牛羊们嚼着青叶，嚼着晨光。
窗前阳光盈满屋舍半间。
当漫天飞雪笼盖所有的行旅
一切都会与众不同。坐下来细说少年
细说人生不可得的安闲

这杯酒盛不满，那些年的风来雨去。
曾经那年，我们挽手相看
春风爬上窗台，汗水洒遍牧场麦田
那一种亲切，难得一见
让你陪伴，能走多远。

梦微微开合，我们两两无言。
理想若一把弯弓，箭在弦上，激荡了流年。

猛回头，江岸上水袖罗裙红颜拂面
年龄，就像漫过膝盖的水
你看，原先的赛马场已经搬迁
喂马人不知消失在哪一边？

我们的青葱岁月，也曾堆过伟岸的雪。
忘不了怀抱六弦，琴音翻滚，远去了似水华年
苍烟丛里，风物正好
白露不知繁叶瘦，瘦到他年立秋。

我曾经按兵不动

我必须无视沿途的色泽，正如
我愿意聆听，一种声音催眠般的逼近
旷日持久，我愿意在等待中勘察
世界的雏形。感知大地的音频，那是
一千种物质溶解之后发出的厉声
或者鹿鸣。一些抖落的旋影

是最远的那盏灯？
是两岸呈献给河流的玫瑰？
是悬崖上绝美的花影？
河流的属性，不外乎向整座山峰俯首称臣。

这世界允诺自由的门，虚掩住它们的孤独。
在走向下一个牧场的拐弯处
忽见半道上，一辆满载着干果和蜜饯的木板车
所向披靡，无声地滚过。

牧羊人的孩子就是草原的后裔

一个年轻孕妇在静静的黑夜里分娩
婴儿的一声啼哭，落入水中激起一河浪花
忙乱过后，帐篷里有人独自举杯。
杯具撞击着夜色，悠远的余韵在回荡。

权且让双眸读懂自然流淌的音质。
孩子在成长，母亲在织锦，父亲在牧羊
暴风雪抢占过这片陆地，春风夏雨轮流交替
孩子一天一个样，春天也是一天一个样。

草原上没有高墙
两座山之间镶满了雾云，像柔软的围栏。
草原上没有城市广场的人造假山，和
比蜘蛛网结构复杂的自来水管。
一泓浅湖便是牧民的水塘

母亲在织机上编织一段锦绣的生活
常有语言从她的眼眸流淌出来。
牧羊人的孩子就是草原的后裔，
一家人的幸福倒映在水塘
羊群，是牧人向天借来的云朵！

那个导游说这是他第101次路过

早晨的羊卓雍措，醒来得很早
湖岸上赶路的马蹄哒哒而过；
转湖的人们惊醒了炊烟飘逸的村落。

午后的羊卓雍措，像幻物
大团的光芒涌来，天上流淌着圣火。
眼底蓝的水，穿过烟群
穿过迷离的湖岛和城邑
谁家素面的女子
眼眸如潭，一池清澈。

黄昏的羊卓雍措
有鹰隼饮水，情侣拍照
山坡的草色由绿而黄。
那个导游说这是他第101次路过。

夜晚的羊卓雍措，
星星的翅膀落在湖面。
仰望浩瀚的夜空，

我在心里默默许下了一个愿望

弯道会车时扑来的强光,
像天外泼过来一盆晾干的水
粗暴地刺痛了我的双眼
如一柄剑

伟大的旅行是穿越苍山千重
抑或,观一场万年不死的圣水。
城堡一样的卡若拉冰川
藏着石头和雪。岁月啊
就任它风断琴弦,日开云破。
晚风里并非一无所有
除了灵魂跋涉的空旷,还剩
许多许多的巧合、甚至错过。

离水而去的我,不觉之间
手腕上转动的表针指向子夜两点。
旅馆高处的风铃若疏影,轻轻地摇着
丰盈了一轮弯月,和人们熟睡的梦境。

羊卓雍措的那一抹蓝

除了纳木措，玛旁雍措
这又是谁的一滴清泪？

目睹你的芳容，羊卓雍措
这一池湖水可否安祥？
当晨曦浮冉，这天外圣水
晴云之下比蓝天更蓝。

我心早已飞向雪域，为这一抹蓝
为这片净土梦绕魂牵！
身在异乡，心却早已飞抵湖边
渡过雅鲁藏布江，翻越岗巴拉山
踩着季风的节律，内心的召唤
长旅漫漫，胸怀上升至博大无边。

立于山腰，看这一汪圣湖上有幻影挪动。
谁把你养在深闺，不再远嫁江河大海。
拥抱日月以纳万物，深潭静水盛满了吉祥
我无法拒绝你的淑婉美艳，

蓝珊瑚一样的古朴璀璨。
都市的喧嚣一扫而空。
此刻住满我心湖的
有卡若拉冰川的明艳
突兀的山地，牧场连片野鸟群聚
虽不再冲出围堰，但却潜伏着生命的静美。
蓝色的梦，在湖心里滑翔
我来了，又走了，我拍下你无言的那一张
天上之湖，云霞绕袖
望着你，碧蓝而空灵的水像
勾起了我无尽的怀想，胸腔里涌动如诗的回荡！

我站在四千七百米的山巅，能看到
很远很远的远方。太阳洒下恒定的光芒
有人捧出白色的哈达，有人奏响褐色的鸣琴
我按下快门。时间静止，刹那永恒。

一湖风光，群山里盘踞着一幕最后的惊艳
狼毒花酷似点燃的篝火，摇曳在谁的取景框？
牦牛驮着阳光走向湖岸的深处
苍山蜿蜒，风声里裹一层民谣的质感
八荒如水啊，有人怀抱一把扎念琴低唱。

风继续吹，牵马人从湖畔走过，

幡旗在风中向行人连连招手。
踏着尘光，回望一眼柔软的山梁
我想带走这满眼的色彩和蓝色畅想
我把寒山上的一弯月牙带走了
我把幻城一样的风景带走了
多年后会不会想起，这一刻
澎湃的心潮恰如汪洋

第二辑　夏风·紫霞争涛

总想象盛夏那一种激越，此曲听谁模拟

晨霞里伏动的鸟鸣。叶子的葱绿和银白

片片都皓首迎风，高亢或低诵。

乾坤里深藏着葱郁的年华，云光和月影

惯常的风一般的追逐，殷起于山林之秀

层阶沙沙的草履在穿行。

——《想起那时候这边枝桠也曾飞花》

一场暴雨来时多么急迫

在人们入睡前，散乱的云就从远处压了过来
一场暴风雨在酝酿。天空回荡着光明的潜流
飞鹰带血的翅膀，在俯冲。我枕上的梦
忽然被闪电撕裂，被轰隆隆的雷，击中

黑云压城。密集的九台云层，雷声配合默契
雨点，无所顾忌的砸向地面，像小小的喷泉。
大地开始怀疑，天空储藏了那么多，滔滔眼泪。

高天之上有千钧之力，手握焊枪甩出银色弧光
惊雷响起。它整饬这混乱的山河，它将膨胀的欲望
劫持、放大、抵押、变卖，直至最后一捧天水灰烬

不止的雨，抬高河水的海拔。雷一次比一次凶狠
它是力量举向九天的捶打，它是引爆的万吨炸药
力摧顽石开花。它不顾一切的开始
它把山峦的泥土盘剥，它于平缓处刻画上道道沟壑。

天空是倒悬的大海。有人蹑手蹑脚，试图

把泛滥于海底的闸门拧紧，黑压压的云层啊
雷电在交媾、蹂躏、挥霍。斜雨缱绻，病马嘶鸣

一道闪电，扑向阴沟的死水
慢镜头下，海藻一样的导火线
滋滋地融化，眼看要把这一潭死水点燃
雷鸣接踵而至。它们双双运力
对准河巫的裤裆，踹了狠狠一脚
后来，我的梦一直瘫痪在床，无人照料
雨点敲击着思绪，天空拒绝模仿

黑云压城，多少悬念丛生。雷鸣呀
它不是打击乐的后裔，而是向前滚动的飞车
于高空的咽喉，吐出激情，吐出耀眼的华光
——那是带血的声带
夏风不再安闲。雷鸣，却一阵迅疾、突兀
咔嚓一声，石破天惊！一幢幢建筑物，不！
一座城将轰然倒塌。倒，是一场盛宴
屹立，便因了前世的宿命。这滂沱的雨混杂着
攻城者的迫切和守城人的坚定。

风停雨住，世界泥泞。雨水无言地漫流
像一锅杏黄的粥。在一片水域里赶走过剩的水
直至水中浸泡的云彩和蓝天爬上岸。

于是，水的柔指摸着泥沙的琴键
低吟着水往低处流的俚语格言。

算来，天空终究闹腾了一夜，止住了哭声
阳光正附身将这四处流淌的泪雨，慢慢吻干

背影

他们说，用热血堆砌的比冰冷钢混建造的大厦
结实耐用。那烟花散开的垂雨比子弹穿透的夜空
更加静谧。砖石垒起我的随笔，和晴耕雨读的梦

他们说，铜锈将再一次变为罂粟
矛与盾唇齿相依，善与恶互相蚕食
诱惑常常令我们前往，也逼退我们远离凶险
回望村寨的那个背影，曾经的不辞而别多么突兀

一抔黄土埋不掉旷远的烟云，怅惘是有序的诘难
灰白的墙壁挂满精神跋涉者的幸存小照
在喧嚣中我认识了一座城，除了城市的原文
还有翻译家对城市表情的郑重修辞

我以自述者的口吻谴责贪婪的胃
粮禾在梦呓中做了陈酿的客体
一根晾衣杆上垂挂的衣物，还散发着水蒸气
酒精的气流汇聚成欲望的合集。

我不要过多的辉光，我只要尘世的风霜
让谣言讲解谣言的水分构成
让潮流向着我们，并被我们合力引导。

蓝色的潮汐

它是滚动的。它是小溪，它是圣湖
它是江河奔流的那一色墨蓝
它是跳舞的冰川，它是岸上的树和一树的倒影。
残叶浮于水面，季风叩响大地的琴弦。

它是一道虹，谦卑地倾听雨后的空濛
它是一双眼睛撬开的窗，涌来阳光
也涌来窗外的气象。
它是天宇的门扉，透着瓦蓝
一蔓飘云是依附于眼帘的觉幻

三千里行程始于泥泞
蹲在冰封的雪塬，哭一场地冻天寒。
一派嚣杂的雪，爬满草原
江堤上枯草瑟瑟，飘闪着冷厉的冰蓝。

太阳是更高处一个点
一个圆心，一个旋转的蓝色球体
无论湖泊、江河，都由浅蓝到深蓝

由浅入深，渐暗渐明
层层参参，切切换换。

走不出这么多沉静的大山
在长岸俯身饮一掬江水
流动的珏蓝卷起起伏的微澜。
海市蜃楼藏在平阔的江岸，藏着空润的千年。
在澜沧江上游，邂逅这一江的蓝
谁遗落在此地的玛瑙，一觉酣睡至万年？
一组蔚蓝倾泻而来
午后鸟鸣，多棱镜上照彻一泓幽蓝。

一丛新草扶着彼此
蓝色的蝴蝶飞来荡去，飞在梦寐的孔雀河边
让有些蓝，在海拔五千米以上
盘旋。——风雪汹涌的生死之蓝

云朵是安静的，风来和风牵手
风是无色的。吻遍河水的咸淡
吻了大山，就有了岩石的暗蓝
吻过雪塬，就散射出色泽透亮的银蓝。

我遇见，苍穹之上星星的光环
它们自有耀眼的蓝，那是钻石的蓝

仙女的一滴泪溅落，鳞片一样落在羊卓雍措的湖面
那一种深邃的蓝透着浩渺，一池透亮的海洋蓝。
有些蓝光，正喷薄而出
有些蓝光，与媒介有关
在皑皑的雪线，等一场色彩的艳遇
就像等一束兰草花开
正如我等一河西藏的蓝。此刻
我的心脾正被一幅伟大的荒凉，浇灌

想起那时候这边枝桠也曾飞花

所以说那些结，结出的不全是时光的疤痕
还有北风粗厉少年老成。
山风曳摇着四季，一河的草岸时时飞花
云端上回首，任由它，一万年千山无路？

中年行吟，关河孤雪。你看那饱满的麦穗
纵有指天的锋芒，那么、丰盈的美
总也是头颅低垂。岁月夯实了三秋筋骨
万物裕余。于是山风过境
于是灵魂穿过下切的悬崖
一墟都城腆起微凸的孕身。白杨树的另一端
雄踞着高天重云，刮过远山的
那一缕黛色的和风

所以说那些梗，是自由的偏旁
是篆刻的遒劲，是隶书的帜张
是不拘的狂草。
奔放的行书啊，我命定里柔水的新裳。
五千年汉字里重叠的梦

它藏着迥异的笔法,迂回的诗章
千年脉象。
陶土下深埋的盘龙是隐形的翼
生命的浅草之盛。
晨曦铺开灼热的大地,苍岩彤丽
盆形的火山岩浆突奔,庞大的光谱的有与无。

总想象盛夏那一种激越,此曲听谁模拟?
晨霞里伏动的鸟鸣。叶子的葱绿和银白
片片都皓首迎风,高亢或低诵。
乾坤里深藏着葱郁的年华,云光和月影
惯常的风一般的追逐,殷起于山林之秀
层阶沙沙的草履在穿行。

所以说那些枝桠仿若岁序的典藏品
它是对于晚秋和严冬的抗辩
极简的有致的美,水雪同图,江山迭卷
但见斜阳漫流过鹿角的隙空
人间的底色,这一幅迭代的影重。
挪动的暗绿的血管,斑驳了光的墨迹
栖息的禽。苍鹭集云,枝桠兀立
有降兔奔命,更兼潭影寒鸭。
枯木无翅,怎一个苍老成疾。凭谁问
它只是蓄势,这般的三冬

让温暖重返，
不朽的和速朽的都是时间。

所以说那些结是生命的一歇
所以说那些梗多么像沟渠的路径，清溪纵涌。
浩浩绿植踮起脚跟戏影戏风。
所以说那些枝椏的形神，
从一种静默直抵千般召唤。
茫茫一派万树突兀，根上系着牵不走的魂。

越过那枯木丛杂，看一处山坡低洼
新阳爬上树梢，时日流花，你且等
柔风加快了步幅，美从不止息
山云驮来一场又一场春雨，就任它纷纷洒洒。

一座城的胎记

创始这座城的胎记，绝然不是滴答的钟摆
而是一件青铜鼎，青铜鼎上
一道幽暗的洞窟。
鼎的周围生长出裂纹、绿锈和盐粉
这座城的秘密一旦被发现
就有一只手，递过来一把钥匙。
也像最初的燧石
所有的寂静，徒步而来。

一座城的喧哗也如此鼎盛，能容纳千万人
思想的宁静。一豆暗弱的火苗
必将展现它失衡的美
必将与东边的黎明频繁接头。

太阳落山的时候，有人背着黄昏的余霞
径自回家，暮色下能望见星星的瘦影

被太阳烫伤的雪，又一次凝固
而被牛粪灼伤的手还在劳作。

牛粪煨热的炉膛上，有一把水壶冒着热气
女人捧来一碗酥油茶递给男人的手上
炉膛的火苗若明若暗，映照出男人黑红的脸膛

黑暗是一剂药，当它敷在大地
夜，就不会在风雪中彻夜呻吟
栗色的梦，就贯穿其中

突围

眼前是一条宽敞的大江，我在江边观望
我愿意与江水一起夺路海洋。

我被劈面风暴最大密度的卷荡
我自问：我是谁？
我是江水涌起的波涛，度尽一刻不回头的浩渺
我是磨盘里的麦粒，在乾坤之间滚过千转百回
我能否配得上这九死一生的荣耀
我能否配得上这碾压成粉的操劳。

我是江上的漂流者，纠缠在旋涡与浪花的作坊
我为我的苦难鼓掌。我是我辉煌的船长。
我是风行人间的火种
我是黑暗里的那一束光亮。

当我匍匐在严寒与酷暑行迹的原乡
我愿以燎原之势宣告，在时光的载体上
我将不负烛照长夜的火把，打通黑暗隧道
覆盖所有阴影的狭长

我惜和平若怜惜我的爱人，
我愿以有限的曲目对弹无限的风月
我惜墨如金，我愿我的文字在你宽阔的肩头
如一座宫殿耸立。
我庆祝死亡当若庆祝丰收，
我迎接严寒如迎接树梢的春风，
我追问寂寞深植的根系，
我观瞻山腰涡状的湿云。
我站在无门的门框前，望见了
燧木将朽，月榭凭栏，凤凰涅磐

犹是霜落秋深，曙色幔照一行迁雁。
宛然利刀割水，难留住倦旅节候。

我愿在原告与被告席上，任凭
公平与正义的褒贬。
我激辩，我希图还原生活的本相
我终究谅解历史的局限。

我双手合一，听雁鸣鹤唳
我与抱残守缺的人们永远不会握手言和
我与未来达成一种默契。我们正逼近未来

在小镇

暮色消失，夜很寂静
小镇像一个渐渐熄灭的炉膛
难道黑暗中掉下一缝隙的光
也会产生剧烈震荡?
光，有时被物体遮蔽
有时被力量压迫，被寂寞安顿

月暗星密，天空飘着尘埃的颗粒
仰望夜空，仰望头顶的银河
流星的轨迹牵引着我们的未知

不必是我，在岸边装卸
然后把整整一个深邃的夜，倒进河流
我只怀念碎裂的光，细密的纹

时间的岛屿

我从故乡的土地上渐行渐远
火车载着我折叠的梦，出站
我青春的脊椎骨，被梦压迫了多少年

我逆流而上，遇见雅鲁藏布江屈指可数的支流
牧羊人落下一道神鞭，草原上就有了如诗的想象

我逆流而上，抵达时间的岛屿
那时候，倚在风吹发梢的门框上
口吐一道道烟圈，蹉跎的时光
找不到日子里的妙曼。

如今眼前的一景一物清晰而温暖
新燃起一炷香，美就在袅袅升腾之中
完成了低唤

雪山上有一帘瀑布

天地辽阔，我们都暗藏后悔
生命的流离花，朵朵盛开。
珠玉飞流，沧桑拂面
我是雪山上的一帘瀑布
行程里滚动着九天的银河。
我登临天梯，一道白绸舒袖

我是瀑布，我将游山跨海
且任我狂奔雨下，且任我临崖飞溅潇洒
山腰就是我的妆台。
任我掀起江水的白浪岁月的泥沙
我在高处低吟
吟诵一首古老的诗篇，句句绝伦。

我是瀑布，我在悬崖纵身划出流水的光波
我是瀑布，我有我平凡的苦衷
我是瀑布，我在晨风暮雨中冲开山头飞雪
杂树丛中，我是取之不竭的炼乳
山腰净寺，我是袅袅升腾的香炉

我是瀑布，我甘愿做一道瀑布。
我是圣泉的甘露，我是散装的浊酒。
我让亿万个水分子和我一同运力，
我让千丈溯流再度激荡

漫过一片丛林，桃红杏白
雪映碧潭，抱石蜗卷
扯不断千仞落雪，扶桑万点
湿了紫霞，红了重云。

晨阳初上，两岸的舟船等待营运
把一个白昼装满，舟渡千帆
是夜，缀满霓虹之光
有人扛着彩色的导火线，无声地爆破黑暗。

我是瀑布，我让世间的江河在此羞赧。
我是瀑布，是倒向峡谷的推波。
我是瀑布，给予谷底的水涡一个起死回生的壮阔
也，听命于后浪的推波以及与水有关的事物

地平线

你看那沉沉夜幕压过来，街灯尾随的昏黄
我逆流而上，迎着坚硬的风。
万山丛中的雅鲁藏布江，水影回荡
一条游弋的鱼在匍匐，若轻舟
穿过水的幕帐，划出清晰的水线
透着界面的宽敞。河域的事物
最是那极致的水上星光。

用月亮上落下来的余温
煮一河孤独。踏碎积雪，于是重返疆场
几重山水，最忆那一撮青稞的微芒。
万缕柔风掠过云天
端起一碗青稞酒，俯仰天地苍茫
使人怜惜的格桑花，几度余香。

浮动的夜光，聚散着清浅的亮
你试图拽紧这余光
就像拽紧一束皱面的白绸
不息的宽江。你该如何呼唤

这样立体的星夜。光并未衰减
仿佛睡在峰顶的雪。烛火撰写着夜色
早霞划破了烟岚。
恢弘的喧嚣仍在地平线上

一匹马，嚼着沿途的风景

无边的风暴，燃烧着斜阳的红唇。
远山的高度，迎风而歌的
这窗外的烟囱，神灵的鼻孔。

褐色的翅膀扑打着低云
从山岩飞过的，间或是一只雏鹰。
所以说，当冷雨折伤秋草的神经
秋雁就飞过湛蓝的天空。

一匹马，踩着草地的泥泞
一路奔走一路嚼着沿途的风景

从导游口中吐出许多局部风景

穿行在辽阔的行板，无论春冷秋寒
我浪迹于万顷雪山，感受雪，感受一种空白

雪泥漫流，我伸手试探山河的温度
抵达珠峰大本营，绒布寺就在眼前
我裹紧冲锋衣，沿途
从导游口中吐出许多局部风景
他们是洛子峰、卓奥友峰、马卡鲁峰
章子峰、希夏邦马峰
它们都和珠穆朗玛峰围坐在一个圆桌旁
它们是喜马拉雅这个大家族的，重要成员

沉云拢聚，山月如缺。
在离天最近的地方，阅读高原的原形
从中读出了它的母音。
它的质感。它的破绽。
它的被封冻的啼哭。

在返回的途中，细数山峰

我突然有一种给这些山峰立传的冲动。
本来想和导游展开来谈谈山峰
可是导游的电话就一直不断

投宿岗嘎镇,沿街的店面正在陆续打烊。
时间荡漾

我浪迹于万顷雪山,感受雪
感受一种空白
它们是一种充实的空白
一种饱满的空白,一种坦荡的空白
它们表达了人与山峰的对视
它们表达了时间对空间的态度

一袭黑衣的蚂蚁

一道虹架在雨后长河的两岸。
我走向郊外的草地
一半是星星点点的雨水，
一半是丛草铺开的绿毯。
当你盘腿坐在那里，你就
开始了一次和自然的亲近。
你会感知日光的透亮和习习微风
你会看到许多蚂蚁搬家。
它们如果不是在搬家，就是
奔走在搬家的路上

面朝黄土，它们分工精细，各司其职。
努力在洞穴里储藏食物
努力守护自己的家园，
它们的阵营，是微缩的共产主义雏形。

一群蚂蚁在歌唱，蚁语吐自丹田
虽说这是渺小的六只脚昆虫，但命运注定
它们是能搬动地球的蚂蚁。

是黑色骏马，也勇猛也善战。
是沦陷之城的援军。在水面
会迅速塔舟成船，从险境处转移
在火山，刹那抱成巨石滚下山岩
大量的阵亡，换来种族绵延
它们在巨大的灾难面前，随时披甲。
这是渺小的蚂蚁，也是伟大的昆虫

人类在蚂蚁面前
有时候比蚂蚁渺小，那么一点

你用一双暗苍色的眼睛屠杀风景

踩着原版的草原，踩着
夏日里蓄势的青草浮想联翩
一个旅人，想把灵魂储存在草原。

满目萧瑟的意境，草叶陆续死亡
我在清扫门前树叶，清扫一个秋天。

夏天繁密的花卉已披上霜衣
秋天，除了丰收还剩斑驳

落叶横飞，北雁南归
你在旅途中用一双眼睛屠杀风景
因果都已随风
你的一双暗苍色的眼睛告诉我
你是一个哲人，你不是诗人。
你在厚厚的落叶上踱步
有的诗句涌出来便不成章法。
你昼夜不停的咳嗽声，连成一种腔调
恰似岁月积淀的苍老。

田野上，散落着数不清的青稞草垛
刮动幡旗的风，先是漫过村寨的树
远远望去，寨子已经习惯了风的搜身
风的占领

一条河在天界流动

四季的风，从草原上按时扑过来
野草是野草的春风，
野花是野花的墓碑。

当秋风劫走夏雨，秋叶上就多了一层薄霜
它是窜上草尖的枯色
它是将开未尽的菊黄。

一条河在天界流动
爬于岸上的藤蔓，像饰物

它是初始的鳞片，更像一截木炭
将秋草的肋骨，埋入暮色燃尽的雪塬

历史的牙齿把多余的时间咬碎
寒冬腊月有人在炉火旁守候
爬上山顶的雪
在银蓝的湖水里沉静地摇曳着

我从将枯的草丛走来
我从飘雪的荒原上走过
我把自己走成一棵树的形态
一道山的褶皱，一条水系的轮廓

我背着空空的行囊，满眼泪光
走过泥泞的荒冈，走过没有围栏的牧场
弹去满身的尘埃
手执哈达，再度捧起雪花

走在雪地上，正如踏光而行
时间在空间里静逝
空间的烽火正是时间的柴垛
我被时间风蚀

灵魂在行走

拾级而上，踏着山水的空灵。
这鼓囊囊的风，撬动着帐篷。

山坡曳摇着体态生动的花草
而寺庙的楼宇更为惊艳
欲飞的檐角伸向天空
造型酷似欲飞的鹰翅，或者
牛角的弧度。

每一次重返高原
我都会扑向阳光掩映的荒原。
我常捧读仓央嘉措的诗
惟愿准确且充满深情。
飘逸在牧场的歌声
溢出的音色这般的纯净。

仰望那些千百年陈列的遗址
它比传说中的更加有形，
它比画册上的更为震撼。

天地间所有杂念
被几缕桑烟一一吹散。

燃起的酥油灯
在低沉的法号里闪烁。
夜幕下
有人把僧舍的每一扇门，轻轻掩上

草原的虚与实

马蹄声远去了，影子奔向
一个黑点与其影子重合的远方
牧人骑马的姿势能否翻译成动词？
在马背上他有一股穿透风雪的气韵
后来遗落在草原上的往事，曾被反复提起。

帐篷旁的牛车静静地斜立着
两个车架伸长了手臂
似乎在踟蹰不前时匆忙搁浅。
牛车的轮轴展开，像一幅太极图
老态的车辕沉睡不起，牛却不见了踪影

牧人在弯腰捡拾牛粪
这是一块块黑色金子。
它能把寒雪抽芽的时辰，焐暖。

我牵着一头耕牛，
向秋天索要一绺饱满的青稞穗。
依存在阳光里的浅水在蒸发，

人间的善良也在蒸发。
湿地年年在缩减。绿色草皮像柔软的卡垫
被一双双勤奋的手和野蛮的心，悄悄搬走

几棵老柳树旁，围着雪山、藏寨、佛塔
我坐在时光的一角，静听永不止息的山风
看着高尔夫球场一样的草原
遍野的羊群，多像夜里天上的星星
牦牛站在哪里，哪里就撑起一顶黑帐篷
夕照下由浅而深的暮色，正在缓步下沉

执剑者语录

命运是一把刀，一把锋利的砍刀
刀下有冥冥的约定。
当我砍倒山下的荆刺
当我砍下一大片山坡的新木旧草
我就在想，这是不是在为风沙鸣锣开道？
我就在想，这是不是为土地荒漠化撑腰？
我不能只砍树不栽苗
有人握着一把锋利的或者生锈的刀
刀起刀落，光波在林中闪烁、重叠
山林在呻吟，树木在行刑前安静地狂啸

命运是一把砍刀，刀下有三江的咆哮
我手握这把刀，我怎敢任意挥舞
是一把烈火淬炼过的刀
这是一把低温冰锻过的刀
我看见外乡的人们手握这把刀
烹饪出《舌尖上的中国》

今夜举杯，还未斟满落日余晖

你已经在章回小说里酩酊大醉
我不舍这把刀，它系着远山近水的烛照
天河的泪，曾涌出过几层浪涛？
罢了，罢了
我愿是一株兀自生长的鹭草
我砍伐的每一棵大树，这些年
都蹲守在隐形的客户端
像是前世的债主

刀落一方陆地，刀起一片水域
我回眸年少伏窗，涉水他乡
多少年误读了刀剑。
折回手里的锋芒，也就放下了人生重量
举起刀，把那些形容词长成的弋尾草
一棵不剩地砍掉。
灯下，刀在书卷里缩成一枚书签的模样

这把刀，宛若月牙状
当大风编译着秋天，大雁路过云端
开垦者就踩着地火，摧毁了矜持的残垣
韶光铺在水面，伊人的倒影沉静在湖的眼睑
我挥动这把锋刃，砍向夜幕下迎腾的枝干

草是山坡上的一种意绪

我以埋头的劳绩
拉动搁浅在水岸边的船体
肩膀上的纤绳，拽紧哗啦作响的河水。
草是山坡上的一种意绪
构成自然的诗经。

我们俯身打捞生活的珍珠。
这些年我像那些年静默的父亲
那些年我也有这些年儿女们
一颗浮躁的心

这些年，帆远帆近
捕捉的不光是远方的塔灯
还有岸上爱人的心迹。
世界人山人海，唯有她的笑容
才让我记住了那些美好往事。

蓝天白云下草绿水柔
渡口上，有帆远去如鱼尾轻摇。

这些年,我以十二个小时白昼的刻度
演绎二十四小时的昼夜兼程
这些年,我以十二个月份的常态替换
演绎二十四节气的岁月兼容

远水驮着出山的云

远水驮着零星的阳光
远水，我也会扶着你过河
抵达我狂欢的废墟
无论你是峰顶消融的一堆雪
也无论你是挂在云朵的千行雨
都是我的七月

七月的风帘时常掀开雨幕，
草荫上，那么多花间蝴蝶
望云天，我伸出双手能接住一茬曙光
和它温热的笑

远水驮着出山的云，欣然而至
远水，泛着撩人的光波
一川呼啸，半晌劳作

远水，把山泽裹挟
也曾白雪临阶，雾雨披襟
七月的远水，一度不收气势
七月的远水，不是虚拟的雨

驻村的那些寻常

我记得黄昏正盛的那些个细节，方言
在村落的房前屋后游走。
炊烟径直上升，好似一柱含情的薄云。
山顶有雪白的陈雪
秋树上乱风刮来猩红的噪音。
一棵弯曲的枯柳，握不住
一泓茫茫涧水

晚餐、夜读。偶尔漫步
看天上的星星与街头的灯

夜露浓时，宁静是夜的托付
杂事一堆，那几户人家的柴米油盐
多么市井
有时在夜里写一页驻村日记
梦里的呓语都离不开
蔬菜大棚、村公路、生态补贴款
我的乡村情结丰盈了我的理想

不要过早地去讨论灵魂
朝霞未上，山坡铺满秋霜
我的那一段驻村时光，从未嫌它漫长？

珠峰问

太多的场景已经不朽
在珠峰摆好一个攀援的姿势
向上，再向上。而春天止步
岩石上的雪像一粒一粒的钙片
含在神的嘴里

我在云端，借大朵大朵的雪花圆梦
春分时节，云朵迁徙
春天已经展开她鼓动的翼

我们结伴而行，抵达心能攀爬上去的巅峰
在珠峰邮局投递出一沓手书的明信片
洇湿的一角，那是雪花的唇印

浪起于微澜之间。
山的王冠就在眼前。

为了适度地拒绝对景物的贪婪
我们从某个生命的临界点，撤退
我看见无数的攀登者
举着自己的遗像，在珠峰裸奔

你恰如其分的美

你若是火焰我就是被你燃烧的一切，可燃物。

我约爱情在星空下散步
你就做了我的结发爱妻
戒指戴在你的无名指上。
当那个春天刚刚苏醒，我在草地上迎娶了你
我挥舞镰刀试图收割你的秋天
你恰如其分的美，在举手投足之间
汇入了庸常的柴米油盐。

我的朴素的盛年，就与你一起度过
我在你的世界里均匀地呼吸
你的国度辽阔。

有炊烟的地方就有人家，就有流水的玲珑
诗意的对白。
我们渐渐学会了不去埋怨生活
稼樯年月，不负春秋冬夏
记住彼此的伟大。

劳绩的人啊，也不缺轰鸣

当时间的冰刀凿穿一河晶莹的蓝梦
流年的水锈，就落入东去的烟尘。
嘶鸣的马群，一弧呼啸的暮色彩虹

青春是一束光，足够我们用一生怀念。
爱情的纯洁与伟大，在于它永远诗张一帜
有多少歌颂爱情的赞美诗，
就有多少牵手的日月，真挚的死生相依
那一枚坚贞的勋章，源于光辉的对称

舟行万里，苦难萌生坚韧
盛年的你，在努力缝补人生的支离破碎
灵感都会服从你的调度

我用彻底悲观主义的水
浇淋，彻底乐观主义的花，遑论结局
就其过程应有深沉的韵律，而绝非无人倾听的孤弦
我们对语言的依存，对其流徙、奔走
仍然需要掌握一定的火候。

劳绩的人啊，也不缺轰鸣
再光艳的山花
也经不起一场暴雨的捶打；
再嫣然怒放的秋
也敌不过一场霜雪的肃杀；
再伟岸的堤坝，
也不过山泥鹤水的嫁衣。

一面湖卷起水的疙瘩

多年向往那巍巍群峰
想登上去撕一片白云，咀嚼
再试着伸出颤抖的手臂，摸一摸蓝天的素面

夜里挑水的人，桶里面晃动着一牙弯月
月影里我们取不来火，只能借一蔓光
火焰里藏着宏阔的岚
也就是说，任何美都仿效自然
都历经周折与锤炼

孤鹰之羽打开，飞过冰川一样的丛林
翻过又一道岭，顺便等一次日落
在不知名的一片山坳
俯瞰一面蓝湖卷起水的疙瘩
云水在胸间，鹰翅在痉挛
是夜，湖里的月亮似一朵银质的睡莲

告别诗歌浮肿的脸部

正如我怀揣硕士学位先把自己归零
然后从零公里出发。
人生是一部长篇小说。离合悲欢
进退升迁，都毗连着碰撞着我们的心情
正如我手持火把，孤绝的行进。
我眼泪的流向，一边献祭脆弱
一边把时光浇醒

捧读一部无名氏的小说
它让我忘记睡眠而没有忘记做梦
梦里没有真相，只有梦醒之后的理想和它的构图
枕角的泪痕为谁而流
攀援峰顶之后的音乐即刻会戛然而止

毕生都在寻常中翻检神秘的口袋
这样的神情，正如抵达一种况味

在高原做一次日光浴，感慨紫外线的杀伤力。
翻开典籍，没有找到治疗诗歌浮肿的脸部的秘方。

读人间也读自然，读到不得不拿起锄头回归自然。
那时候的我已经大病一场
整个面颊没有摊开一丝晴岚。一转身
几只黑颈鹤在水面嬉戏。

第三辑　秋露·千穗青稞

九月的山花开尽

我试图收养一河的浪花

却参不透秋风的密语。

晴云之下,成群的黑颈鹤在戏水

——《九月的断想》

秋天的衰亡史

曳曳荻花厉风扶穗，草木沦为时序的嚣张。
流年，是一阵浩荡的过往。
叶子轻挪，连同压迫其上的繁霜。
户外散落着一些缤纷的语言配方
心的回廊绕着晨光，
晨光又落在黑枸杞和花椒树上。

秋天的履带车，已然隆隆作响。惟其枯草
方能唤起记忆里金秋的亮。
渐远了夏雨的挥洒，界面就完全变换了模样。
山坳里风卷尘埃，不知所踪的荡气回肠。
秋天的肌理正冲破地表分泌死亡。当万物归零
也就像留不住盛夏的葱郁，手握一蔓残损的秧。
攥紧一把野草，沉浸于群山的层峦叠嶂。

夜与昼正平分秋色。那一缕调试琴音的风哟
回应着关联的水的流向。是轻摇的序曲
卷起物尽其用、物尽其美的酣畅。

树梢上漏掉过多少秋风。
纯白的雪静守远山。在河畔上观秋
除了一去不回的流水在招手,还有银色的芦荻穗
垭口上早已是纷纭无序。
将谢的花瓣垂挂在白露上。
厚厚的叶子是万树脱下的旧衣裳。赫然发现
未经提炼的目光,仍能穷尽高天辽阔
秋风雁阵。

季风运帚大野,那般的胸襟
在朱颜乃至柴门僻壤间徜徉、穿行
半冷的秋水下藏着多余的骇浪。
反复勾勒的,突兀的素描线伏动在山岗。
一群候鸟,衔着南来北往的匆忙。

秋风起于云端,大地换了件丰饶霓裳
炊烟手牵自由的翅羽,怎一个风吹芦苇荡。

秋风吹老了少年郎

我从冬天扣押春风的废墟上走来，筚路蓝缕
走过青藏，世界沦为一片苍茫。
秋天瓜果飘逸的香，像一筐陈年斜阳。
芦苇舒卷，蜜蜡浅黄
高空的鹰徘徊在蓝天的要塞，几度惆怅

如果，战场归来早已褪去了光环
那么，纯白的雪山下
将仍有马蹄声踏开古道的嘶鸣
跃出子弹穿不透的掩体
划一船生命的摆渡
培一垄春风的根系

往事在匍匐中，如何凌驾于喧嚣之上？
余闲看雪洞察世事，留给孤独一些寄语
我用什么编织一爿灵魂的牧场
风雪笼罩着天象

枯草驮上薄暮，各种水鸟栖息在湖面

各种事物在荒芜、在换骨

各种表情在陡峭而险峻的山峰

阅尽牧场

但见风生万马，秋云客渡

唐东杰布论

在昂仁金措湖岸，闻听吐蕃的战马经过
荒原上富裕的时间，已然锈迹斑斑
雅鲁藏布江南北两岸，横亘着一道天堑

唐东杰布请来七仙女搭台唱戏
先是积攒人气，进而集资架桥
连接起在水一方的婚丧嫁娶
铁索桥上，有欢腾的歌声入驻

她们唱着蓝面具迥巴藏戏的开篇
歌颂着江水，鞭挞着野蛮
58座铁桥在史书上栩栩生辉
如今，桥成了生锈的遗址
藏戏却已传唱千年

江面上牛皮筏子冲浪的黑影
正是早期人类渡河的象征
沿河寻找藏戏源头的唱腔，
河水激荡出巨大的共鸣。

而今的戏班，在村口搭起一顶旧帐篷
藏戏就能开唱。春风绿了江岸
唐蕃古道继续撑起藏戏的桅杆。

走在半道上的马匹，丢失了驮着的句子：
“这世界上没有谁不可以被替代”。那么
谁可以替代唐东杰布，那么
我的阿妈有谁能替换，包括
她的一颗金子做的心
我从她那里学到了打酥油茶的要领
和不畏苦难的坚韧，她的善良。
我承续着她的风华和生命之火

风暴是我的翅膀，冰雪是我的婚床
古树的枝杈做了我的猎枪。
江河流着祖先的血液
迷路的马匹，循着藏戏就能找到家乡
它从藏戏的声音里辨认着风向，跟紧了太阳
最后的太阳光，放射出的泪花，是光之雨
是光焰繁殖出来的千束光芒

怀抱时光的琴，抚弹一曲

清新而湿热的气流，正从雨季的端口
从七月的四面八方扑面而来，
携带着温润的语感
在西藏高原，在这个最夏天的月份
我走过挂满丛草的露珠，那些愉悦的叶子
它们，纷纷撑起一把翠绿的各形的伞。
当大地蒸发掉一千滴雨水
阳光，就摧开了一万朵山花
此刻，我怀抱时光的琴
抚弹一曲，颂赞党的百年华诞

时针滴答着，滴答在这个历史的节点
2021，我们迎接、我们欢呼、我们致敬
一个大党的风华百年。心底里涌动着
多少情不能已的万岁的颂赞
走过城镇，放眼依依草原
飘逸而开阔的视野，漫卷的红旗的海洋
那面旗帜，是七月火红的云做的织锦

在七月，在历史的走廊上遇见过的
他们，激越的人生。
我看见陈独秀的狂放
我读过方志敏在狱中写下坚定的向往
那些年，纵然山河破碎，庙堂沉沦，江天无光
可是你听，“试看将来的环球，必是赤旗的世界”
李大钊的预言句句铿锵，也常在革命者的耳畔回荡

1935年，那些衣衫褴褛的时代弄潮儿，从遵义出发
在行军地图上，毛泽东标注出了北方的山川
——峰峦叠嶂的黄土高原。雪山草地
终究挡不住改写历史者的步履
油灯下的延安，案头摆放着《实践论》《矛盾论》
和“七七事变”后新著的那篇《论持久战》
我历数1840年鸦片战争以后，那数不胜数的国耻日
我无数次的推演过历史的沙盘
注目谢瓒泰毫笔挥就的漫画《时局全图》，而久久无言
“九一八”之后，中国人用了漫长的十四年
终于把野兽一样的日本军国主义者赶出了家门
灭了东洋人吞并亚洲，独霸世界的野心

一百年回望，我看见联俄联共的医学博士孙逸仙
执杖奔走，探索中国出路，
发表“三民主义的”讲演。一百年回望

我看见鲁迅先生捧着小说《药》在呐喊
《双十协定》墨迹未干，蒋介石拿出《剿匪手册》
重新点燃内战的硝烟。而短短三年
三大战役的电文像雪片一样，从西柏坡昼夜飞往前线
五大书记在山村的指挥所神情自若，撒豆成兵
他们带领中国共产党人和人民军队擘画波澜壮阔的长卷
洪流中推进革命与建设的伟大实践

深秋安详，大地芳菲，白云在水面荡漾
历尽了茫茫黑夜的，我的四万万同胞
终于尽情沐浴解放的曙光

历史在1949年拐弯，新生的人民共和国不畏强权
出兵援朝，击败了以美国为首的联合国军
最终完成了以战止战，
打出了边境和平和家国的尊严
此刻，一声遥远的巨响传来，
罗布泊爆炸了第一枚原子弹
26届联大上中国重返联合国常任理事国的席位
中国代表团团长乔冠华让一个酣畅淋漓的大笑
定格在历史的瞬间
西方记者形容他的笑声：
“震碎了议会大厦的玻璃”

改革开放四十余年，自邓公始，几代人不畏艰险
让中国天云翻覆，越过苦难走在了世界的前面
我听见，一个伟大的党的足音，那是
历史车轮的隆隆之声，滚滚向前。

七月的西藏高原，时雨时晴的天气
青稞尚未收割，红旗漫过乡村、漫过市区的街面
今天，阳光很好，油菜将熟
这个七月，注定是一个高光时刻
歌舞涌动，复兴号动车在西藏大地上奔行
奔向大野，奔走在雪山与丛林之间
穿过年楚河、飞越拉萨河、驰向雅砻河
抵达尼洋河。一路上七月的庄稼葱郁一片
一路上别样的风景，展开自然的壮观

青稞垛

青稞垛，重复的千年的艺术品
金黄草垛，藏不尽生命的绰约
秋天里随处有歌声，随处有歌神

一个少年，在麦茬地里仰望蓝天
一曲歌声，穿透河谷散开的空灵

收获者在收获的意境里
匍匐者举起哈达，向涌动的流水致敬
诗的腹稿，曾在我的胸腔如岩浆奔突……
一帜天地水火云的五色风马旗，猎猎飞舞
它有万般的灵性，它平衡着雪域气象
和淘沥的光影

一帜风马旗
在六级弱风中，翻查天气预报
诵读一大段呢喃经文
冉冉藏香，飘起一缕黛青的烟
阳光纷扰，泪水混沌

写下一册我的大河别传，我的血泪盔甲
我问山河，何时能读懂这一摞自然的经书
读懂高山的密语，万水的禅意

与外省青年一样

碧云彤红，城楼紧邻山峰、紧邻雪
羊群归圈的时候，急流冲走夕阳的余晖。
晚渡，灯火已上黄昏失语。
置身古老的渡口，倾听游来的涛声。
雪抱高山，光抱雪塬
一村一寨，挺立起藏青杨的骨感。

在表达方式上，你与外省青年一样
瞭望这黄昏的残，黄昏的炫亮
黄昏墓一般的质地。
挥手之间，一抹残阳灰烬
地平线上，诞生着旦复旦兮的红艳。

河谷有青稞的档案，有农耕文明浸染的辽远。
牧羊女的梦，在草原上开出橘色的花
一朵，一朵，朵朵惊艳。
牧羊女的想法，与外省青年一样。

邂逅暮秋

打开胸中的地图，燃烧的天火
扑来。山河辽远且宏阔
低矮的衰草，麦茬地里卧着青稞垛
微风吹走满树肥硕的叶子
枝间剩余的喧嚣，飞来荡去
宽阔的河面任由思想漂移而过
流光敲开一扇破旧的门
一个世界被推开，一半是语法的重复
一半是完整的寂寞和它的存活率
幻觉突兀，时间隆起，秋天真像秋天自己

旷野上能读到草叶枯黄的内参
一万种声音放飞想象，沉默也是一种传递
一匹脱缰之马，正在腾越某个垭口
时间的脊背上，驮着滴答滴答的更漏
若诗。静听菊开的声音

从暮秋的纹路上
推断一些草叶的蛛丝马迹

触摸一些隔世的炎凉
太阳迁移，我手执牧鞭
邂逅一群羊，邂逅的美我将其归于抽象

我的诗有了头发的长度

三个月没有理发，原先的短发
在这个秋天疯长了一季
耳廓已被一帘黑白交错的长发，遮蔽
我的诗有了头发的长度
却没有头发于风前的飘逸

阳光徒步经过我的窗台
秋天从大自然中徐徐展开
我的思绪在水面，水面的波浪
是我的心荡漾开来的，蓝色绸缎

秋天的落叶一直在找寻家
秋天的风永远都是一个旅人
我的诗不再像头发一样疯长
我的诗必须做一次修剪
让它在风前，即使不飘逸也有深刻的寓意

当我的诗再一次写下天空的流云
一场暴风雪也许就要到来

读不尽的雅鲁藏布江

这是一汪至善之水。
这是一条流淌着神韵的大江。
一江九曲风采嫣然。这条江上,汇聚了高原的千山万水
触发了我的万语千言。遥看大江不老,一路歌舞
而舞者通神,我诘问灵魂,灵魂无恙。
这条江上,有恣意纵情的歌唱,
这条江上,潮起潮落——别有一番跌荡,
这就是风采嫣然的雅鲁藏布江。

雅鲁藏布江的风采,全然生趣,赤橙黄绿,缤纷无尽。
它展放灵气,润物无声。雅鲁藏布江的风采,有淡淡的蓝
有薄薄的银灰,有浅浅的橙黄。
雅鲁藏布江的风采,是牦牛的长尾,是雨后的一道七彩飞虹,
是雪映大江的水墨。雅鲁藏布江的风采,是两岸延展的牧场,
是牛羊成群,是青草茁壮。雅鲁藏布江的风采,是千岁山岩,
是斜阳浮金,是沙画坛城。雅鲁藏布江的风采,
是物我通灵、苦难散尽。雅鲁藏布江的风采,
是尼洋河畔的猕猴,是色林措湖畔吉祥的黑颈鹤,
是拉萨河上的清歌。

在水中，有游弋的鱼群，在岸上，有鸟鸣声声。
当高天上泻下锃亮的光明，你穿越云端万变的流风，
你扒开成吨的风霜，对着苍穹放歌，望一眼天候星象，
夜色茫茫，水色茫茫。
雅鲁藏布江的风采，是年楚河谷的开耕节，
是青稞的拔节灌浆，是秋天开镰的盛典，是西藏粮仓。
雅鲁藏布江的风采，是尼木的藏纸，
它记载了千年西藏的人类文明，
也被千年西藏的文明记载，它们，互为历史的符码。
雅鲁藏布江的风采，是八思巴藏香，
一缕元代和平的烟岚袅袅升腾。
雅鲁藏布江的风采，是霞染村寨、气韵新城。
雅鲁藏布江的风采，取自善念，取自于一颗慈悲之心。
看，幡旗如画，风吹成细沙，玛尼石成林成塔。
听，游牧年代悠长的鹰笛徐徐吹来，古朴悠长。

“草深堪牧马，烟重可藏兵。”①
星空若海，江水似雪，夜的回声注定汹涌澎湃。
雅鲁藏布江的风采，是鲁朗的石锅，
是曲水牛皮筏子舞，是近水人家的江河梦。
雅鲁藏布江的风采，是更庆寺的钟声，

① 清代的乾隆年间，著名诗人王我师在四川甘孜州雅江县留下的诗句：“砂碛关肠道，东西各异名；草深堪牧马，烟重可藏兵。远望深无际，登高若有情；浮云飞片片，总是客中行。”

是德格印经院的印经雕版，是格萨尔王的说唱艺人，
是转经筒转过的时光，
是南迦巴瓦大峡谷的深水激越、鼓韵琴鸣。

雅鲁藏布江的风采，一瞥便是永恒。
它集合了岩羊与雪豹的奔腾，
当藏羚羊迁徙的大走廊在藏北草原上一一展开，
这生命的洪流啊，它由千万个梯队组成，多么壮观的运送。
人与自然、人与动物和谐相处的范例，在这里已经形成。

雅鲁藏布江的风采，是隐秘莲花的盛放。
是无尽的想象，是震荡山河的力量。
我策马行吟，地平线上绽放出一抹流霞。
两岸牧歌被春风唤醒，河谷里翻腾着林芝桃花节的笑靥。
我俯身，掬一捧柔然的蓝河水，河与岸、动与静，
一幅灵瑞的天象。岁月的涛声在这里熙熙攘攘
坚韧是千年古柳的守望。天路渡河，
乘着水面的春风抵达梦想，雪莲花在天上开放。

你是峰峦之下春风的增补，
你是追溯千年的一场生命叙事，
你是一册童话和满山杜鹃的鸣啼，
你是我不倦的双脚对路的探询，
你是我耳畔扬起的急涛唱诵。

我的雅鲁藏布江，你赋予我们水的修辞和波涛的雄壮，
宜耕、宜牧、宜林。碉楼、烽燧、炊烟，
雪山上折回远古的风，潜藏着玄秘的能量。
这水的归魂。抹不去的大美，涟漪起伏的纯粹，
错落的涛声，谱就云海的呼应。
雅鲁藏布江的风采哟，正在挣脱一种束缚
奔向更加阔远的远海！

土地载着丰收途经我们的梦乡

高原上积云过境，酝酿又一场暴风雨的酣畅
登上一处苍台，葱郁的青稞波涛般伏动
风弄芦苇荡，银色的旋流明日照常
河水问道，在砥石处它藏着巨浪
滚滚惊雷承续辽阔的，闪电的奔放
冲淡时愁的刷刷雨声，泽润了土地厮守的旱象
淋湿了午后，那一束高天上扑来的焰阳

任由八月的雨水在冷风里激荡
樽前夜幕，谁手握至暗的弧焊枪?
隆隆雷声摧开了一朵八月的花黄?

暴雨锤击大地，孕育的洪水在三维流淌
正午融化的冰雪，不曾偏离隆起的河床
一朵闲云一道纯光
那些孤独芬芳了旅途的行囊，曾记否?
雨幕洗刷的黄昏，链接着人间万象。
路面溅起一簇浪花的窈窕，华灯沸腾了烛光
风吹着屋檐滴落的吉祥，繁星陆续抵达牧场

手挽着山花像天使一样，带露的簇叶明艳闪亮
我沿着丛刺矮樱的河岸，双目犁过涌动的泥浆
山坡归来了一群驮着夕阳的羊。
远处拱形的彩虹宛若饮醉的人们舞袖霓裳
夜阑归我，河池归你，八月的回忆也归你。
生命的赞歌继续膜拜我们不可胜数的守望。

青藤在热风中摇颤，夜月沉吟
涧水回响。暮色过膝，枝叶飒飒
土地载着丰收途经我们的梦乡。

当河流节节败退

在一湾逝水之上，饮马
风，将流云摆渡到对岸
茂密的胡杨林挤挤，就在山坡落座
雨后一拱曙色的虹，真短命
短得，我拴好一匹马的功夫
它就哗啦倒下，变成一河的彩云游走

河谷夹在群山之间
山风守着幡旗，油菜花落了又开
有一场人间雨，还有一些象征
大朵大朵的阳光，一起跌入河谷
村落里弥漫着绵长的烟火人生

河谷里的景物，常常被人借题发挥
也曾被春风约见，夏雨厮守

激荡而过的冰凌，把两岸的农事激活。

天色已晚，我身披黑色的大氅逆流而上。

两岸的青稞即将收割
牵牛花的菀秧在田埂上蔓延着。两岸的村庄
能隐约听见研磨镰刀的脆音,虚实相间

藏地绝版的锅庄舞

一波旧的江水走远了
又一波涌来的新潮拍击着岸。
满眼秋水是否被蜻蜓点过?
沿岸的落叶与细碎的岩沙
都,混入江河

狂风本就鲁莽,阶前落叶泛泛而黄
风暴也常来常往。
摇醒梦境的曲子哟,是一碰就应的铃铛
雪域的后裔们整装,一步又一步
踏出藏地绝版的锅庄

一行稠密的马蹄印,犹在
狂风如刃
会把人们宁静的心绪划伤,刀刀匆忙

转山转水,赛马抱石
篝火燃旺了祈愿,勇敢是不散的炊烟。
踏上舞步,也潇洒也铿锵

春花已谢,夏草未枯

大地的肌肤,过早地穿上秋天的衣裳

诗意的沸腾的旋律哟,正是藏地绝版的锅庄

飘逸在篝火旁,那般地自由奔放

曙色

浅水照见夜色下的繁星，照见一山的孤雪
睫毛上凝结的冰霜，你的愁容
贫困像一朵枯萎的芙蓉，熄灭了心中那盏灯
多少年飓风一样呼啸着直抒胸臆
历史啊，正以无比的浪涛兼程
把能量在精神的辽阔中再度放大。
扶贫攻坚战的隆隆炮声，不亚于锻造
另一个汉唐之境。
在农牧区聆听，聆听着越来越近的
精准扶贫的马蹄声

你耕种的土壤里生长着不屈的坚韧。
有人握紧一柄刀剑，毫不留情地
把村落里贫穷的疤痕一一剜去。
流水里照见了笑容
你还是你，但与之前的你判然有别
你在这个春天耕耘出了自己的小康日子

穿上纯羊毛织就的崭新氆氇

若一滴水汇入漫流的大河；
围上艳丽的邦典这风雪西藏的质朴与华贵
若天上的彩云落入花海千丛。
远离绝对贫困，一个民族的百年大梦
你在琥珀色土壤里深植，杨柳春风
你在熟透的金秋捧起橙黄的果实。
泪光淹没了语言，感谢伸过来的每一双手
握住绵长的幸福，这沉甸甸的飘带
正如逆风中托起梦的千万颗心

捧起哈达，举起酒杯，跳起千年的锅庄
虔诚于一个撼天动地的仪式。
这一趟提速的列车开过来了
开往的下一站正是祖国千千万万个小康村镇。

异象

星光像一根铅丝垂钓夜的深沉
大地上了无灯火的影踪。

时间偷走了一道回不去的门。

大雪降临于世，远离滚烫的寒风
水火互相观察到彼此不友好的眼神。

大师在哲学的断埂上摔碎了手中的杯具
酿酒师的秘方令时间倒叙
一把粮食能否酿出一句格言。

枯黄的叶子在树梢上唱诵秋风
大火又一次汇入太阳的家族
麦穗站在谷地，谦卑地弯下亿万只头颅

枯葵

有一种温暖，来自于阳光的抚慰
有一种失去，仅仅是脂肪的流失
为什么犁铧至此恋着脚下的土地？
为什么遥远的土地上尽是他乡的游子？

席天幕地里，我们嫁接幸福的花木
而一株枯葵，却被秋霜染白了双鬓。

人们只看见你的暮年衰败
却不曾记起你盛年的劳绩。
你拽着太阳满地转悠，划出
一朵葵花的娇羞。

霜寒与你，仅仅是过耳的称谓
天地正不顾一切地肃杀霜天万类。
这满地枯葵，即使凋敝
也依然剽悍地在秋阳下挺立。
面对一切摧残，你无畏，你不必嘶鸣
笑迎秋风之凌厉。

你站在冬的门槛，生命虽已颤巍
但精神旷野仍有不折的枝干
直指青天的，纯粹。

你的头颅之上，金黄的果实虽被掏空
但挺立的躯干就是你屹立的墓碑！

你是金子做的花卉
你的荣枯，回答了草木的存废。
即使被严寒摧毁，便也要给予大地
一尊昂首的姿势，一个枯槁的回馈！
即使死亡
你也是在风霜中挺立
从不献媚！

去外地掘一筐黄金，讨一个婆姨

在乡下，我往返于一垄垄田埂上
以汗水换取粮秣
那是父亲的脊椎线条，农人的神经。
母亲的针线筐，灯光伴着一堆旧衣服
她时常缝补着被我们撕扯磨破的生活
也断然，比不上女娲补天

那一舍屋檐记得那盏灯
牵牛花和我的少年记得那盏灯。
那里有我祭拜的方鼎，那里有我渡河的舟船
父亲的风骨，于惠风里彰显
母亲的天空，透不尽的瓦蓝
小时候，对父母的期待常常不会落空
正如现在，心中长满回望，抱琴一诉乡愁

故乡的青草，在霜降前蔫了一片。
故乡，正在北半球的某一面山坡上歇息。
谁鉴赏黑暗，谁指使一些人移花接木？
母亲所讲的故事，散发出哲理的余韵。

故乡，已经成为游子杯中的废墟残垣
曾承诺给故乡交一篇工整的填词造句
这一册论族谱里延续的年鉴
还没有来得及书写什么
我握笔的手就已经抖颤。
故乡，我在你的皱纹上作别了少年
如今，故乡在我视线的王国里径行邈远。
忽一日，故乡正站在河边眺望
眺望着游子归来。田园将芜
父亲，已放下酒杯和犁铧
融入他耕耘过的那厢土地，那一抷黄土
母亲，也不再与死神斡旋

我从故乡出发，一路涂鸦
笔落，命运就轻轻展开一幅写意画。
我从故乡出发，步步为营
总想着跟上灵魂的步伐
想着去外地掘一筐黄金，讨一个婆姨。

我是麦子的后裔，我是马铃薯的卧底
虽然我在写字楼里喝着咖啡，
但乡愁仍在我的天空盘旋。
我是故乡这个帝国的臣子。我遵从故乡的手势

我听闻并不听命于一切持有故乡的偏见
驮着远方的马匹从黎明出发。
在月亮照不着的梦里，我用呓语诠释乡愁
我把故乡一千次搜寻，一万次的重复。

我在一座诗歌的庙宇里
和人们聊起柴米油盐酱醋茶的说文解字。
游子的脚底啊，总是沾满了异乡的泥巴。
回来了，故乡一句平常的问候
一下子把距离拉近。随即故乡伸出宽厚的臂膀
拥抱归来的游子，然后扶你坐下
慢慢地夜话家常

对于不夜城的一种看法

那一晚，当月亮卡在高楼的缝隙
我正在城市的一条窄巷道走着，灯影绰绰
一条矮小的宠物狗被我撞见
它染了一种魔法，无声地飞过

当星星燃尽黑暗，曙色就会翻山而来
和火光一样，有些现象只能在夜里把握
比如山风的呼喊声和它的节奏
有些梦总带着刺，一翻身总怕扎着别人。
有些梦总是离书房较远，离厨房较近
夜深人静，万籁俱寂
而常常陪伴我们的是夜宵，而不是爱人

关于夜。可是，这些年我面对夜
感觉它已经不再像夜，不再朦胧
本来嘛，黑暗的夜明明就是光明的反义词
就是要让星光和月光轮替
它就像买来的假货。
因此，我对不夜城有一种看法

当几座雪山脱掉外衣
当雨水与迁徙而来的鸟鸣双双落入酒杯
荒原漠风，仍奔走着我灵魂的驮队。
行进中，我看见了年少时候的门和窗
父亲是深褐色的门，母亲是亮丽的窗
门打开以后，步子迈开天性里透出的无羁

怀揣永远的童心，从那扇窗凝目远望
我望见了祖先耕种的千秋雪霜
还有星星一样的，移动在草地上的白羊

山乡场域

像流动的马群，天空的云在集结
这一丛疏影繁弦，也曾买断秋风
仿佛谁，撕碎了呼啸
一个季节，大雪窈窕

雪拥丛寒。向山河借一张试卷
裹上雪白的披肩，莽原之上，那般的眷恋

彻彻长河，委身于雪海松山之间
所有的翅膀都呈现一种飞翔的势能
断崖下滚滚江涛，襟袖生烟
我头枕血泊，头枕万千燧石

乱石嶙峋的这满眼孤绝的寒山
石缝里挤满了草叶、神话和传说。

早霞绯红，抽芽的初春在蠕动
淤泥里的水草，轻摇着生动的影。
淡烟晴云，犁开大地一派潋滟
几羽枯苇静听流水，篇什鸦声。
一股风悄悄爬上树梢，窥望山乡村景

九月的断想

紫外线生成的二维码，盘桓在高原
阳光一时被云层拦腰，截获

从散发着庄稼成熟的田野归来
我把一撮青稞金穗挂在屋内的墙上
一个秋天就来到身旁，请来的客人一样
伏案填好一张统计丰收+的数字
听窗外飒飒风声在把丰收的心情歌唱
想起农家耕锄的谚语，需要一生的重复

九月的山花开尽
我试图收养一河的浪花
却参不透秋风的密语。
晴云之下，成群的黑颈鹤在戏水

天上有闲云几片。九月以收割而完成
这一季的谷物，陆续堆放在农户的粮仓。
踩着落满繁霜的残叶，花草枯萎也那么决绝
秋阳下如何重拾那一望无际的旧时光

风暴与古琴

往事长满青苔，恍若那个下午的风。
我转身望见她匆匆的背影，想象着
那一缕长发怎样飘逸在我后来的梦里。
人们谈起初恋时的激动也就这样无影无踪

谁家女子骑着单车，满载着云朵下的暖阳
有人扒开浪涛泅渡，那条曲河总是在洄流。

你且听风暴，风暴来临前大地自有短暂的寂静
平湖上涌过来密集的天云，一种力量压缩的意境。
山风以蛮荒之力摇开满树凌乱。倾斜的雨线
整体向前推移，万物接受沐浴。听不见嘈杂
只有风暴撕裂风暴的绢帛之音。

暴雨迷人，河水正在突破沿岸的某个临界点
沉降的雨和上升的风，逼不退蓝天雇佣的苍鹰。
阳光灿然而泻，那道暮色的彩虹也将化为轻烟
漫流着的山洪，拽走了土壤松软处的千束野草
爬过荒丘的蛇形的路，川原之上仅剩几撮绿。

你不必问讯飘在河面上远去的云，那般的匆匆。
你也不用刻意掩饰
风暴自会碾碎人间的胆怯和一些章法。
总有一些鲁莽点缀过青春，总有一些年少的意气
定格在初恋化为灰烬的那个晚上。后来
牵动我的扶摇的梦，来自于藏獒与鹰的启示。
压倒风暴的古琴，演兵于千军万马之中
攫住美的本质，也从来都是那般的从容。

土壤献歌

庄稼丰收，是大地对于秋季的明媒正娶
民间的图腾情结，正以瓜熟蒂落的诗意
开启宽泛意义上的福运。
请原谅我的目光，今秋
只能以青稞地为圆心，按住热血
贮藏粮食。

秋天诞生丰盈，
割完油菜再收青稞，扇形的河谷
一把镰刀穿过秋风
垂穗赋予秋天一个谦卑姿势。

秋的结构姹紫嫣红，无限丰盈
丰硕的果实从树上滚落。
风雨中长成的麦穗，纷纷运至西藏粮仓。
辛勤的劳作，宛若一篇干净利落的行文
品读若格言诗。

秋就这样经典到田间地头，甘美如饴

阅读这夺人的美景
借了秋天的笔名再度抒情。

四季里遍藏许多风俗，并被土地命名
这田野气象，除了垂穗曳摇
还有青稞酿造的古老原音。
秋后，有些泥土进入休整期
人们翻耕并使其归纳、转移、重复
然后等来一场白雪覆地

兼论放牧

是谁，在草原上呼唤牧羊人的乳名？
是谁，每天送走牧场的黄昏？
辽阔的草原卷起我心的微澜，
一种苍茫，冲毁了我曾经密集的遐想。
牧羊人，他们放牧四季，也放牧原野的时光。
牧羊人，裹着六月的青衫
牧羊人，他们把生活安放在草场，
脸庞落满沧桑。

群马奔流的牧野，有一种速度
踏出大地的辽阔。
时间从不生锈。一年年花谢叶红。
我倾听陌生的音域拉长牧歌的新意，
无论绿茵的夏金质的秋
点点牛羊，这四季里草原的荷秧。

远眺大河，草原，村庄
远眺群山，沙漠，欲望，它们呈形各异，
暮色四合时，牧人端起酒，一口饮尽山风，

他们把一生押上。

牧羊，是一份辛劳的营生。
坐在孤独的心绪里，自斟自饮
看见新草上安分的羊群，你就宽恕了孤独，
看见羊群若白云托起你的梦，神话也将接近本真

放牧，总让人心接近羊毛的妍白，
牧羊人沉默不语。长年与天地对话
他拥有天上的云和山间的风，
甩响牧鞭，给岁月制造一丝喧嚣。

一群羊在草原，另一群在云端
草原上的羊是你最神气的兵卒，也是你的万马千军。
草枯风不语，云端的羊群押上你的一生
牧羊人啊，承受风雨的人
你就是一行诗，草丛里的羊群是诗的标题。

后来我为什么如此怀念草原，
满目的绿色是生命的别称。
后来我为什么如此怀念草原，
因为它就像一本书能翻阅四季，
因为每个季节都会长满不同的色彩不同的云天。

这时的青稞已经抽穗

六百年前的那扇门，依旧朝东。
山峰是太阳最先照到的地方
苍鹰的翅膀扇动着一道光影
这时的青稞已经抽穗。

城外有风。有鸟啁啾在河谷的树枝
远远的黑颈鹤的水影，草垛是陈年的旧颜色
稚嫩的童音吵醒了晨曦的静
寺庙里的神，正抿着嘴角

经幡飘逸在山风里，美也会坚辞拒绝
多余的形容词。看云端，云在动，风也未静
鬓边韶光易逝。打酥油茶的阿佳
她腕上的银镯，在晨光里转动、停顿、闪烁、光合
日喀则农事藏历新年来到
酥油花灿然一笑，醉了一院子的宾朋

雪线以上盛开的雪莲
能否配得上这座古城的底纹？

暮色下，一群羊子入城

气势磅礴，让高耸的城门不再空洞

当人间的许多仪式已经失衡

山峰和城门，依旧无比神圣

一条河和我们的日常

雅鲁藏布江，你是咆哮的天河，
我在岸上恭候你，邀约伟大的乡愁
所以我想，你就是深雪之下，那一株静放的雪莲。
所以我想，你的编年史，就是你的传记。
四千里长途奔流，你是一个民族的心灵秘史。
你是我终身守候的灵魂金库。

使人万端感慨且又丛生万端？
呼唤大雪，尽管会冻僵我的脸庞、耳廓、双手，
但我喜爱这燃烧的雪花，十万只蝴蝶铺天盖地
呼唤暴雨，尽管会把我从一个泥潭冲向另一个泥潭，
但我钟情于你的公允，一切浮躁的都会在你的面前缴械
渐渐下沉。

致敬太阳。开始生命的辨认，
在一沓腹稿里辨认诗性的五谷杂粮。

江湖是一群强悍的仇人，
它们不会按照我的叙事方式排列命运，

也不会按照我事先的预想对峙冲突，
它有时候会采取突然袭击。
江湖不会顺从每个人的颠沛流离

我在极力辨认自己对黑暗的厉声喝斥，
我怀着预知的苦难和及其急躁的短期翻盘的允诺
但又十分自觉地承认这将是输赢的全部结果。
我将驾驭一艘想象之舟，驶向未知的远洋
做一名船长。与心境有关，与胸怀必有渊源。

江河是万物的甘露。
我崇尚的江河，要有风，要有雨。
容得下儿女情长，容得下左邻右舍，
容得下凡夫走卒，容得下天下家国。
山是最坚硬的骨骼，水是最柔软的肌肤。
高山托起白云，河谷生成草甸、树木、良田
最寒冷的季节，也能生成最北国的春天

日喀则观景台

登上观景台，襟怀不由敞开
山脚下两条飞逝的水系，正在汇合
流动的生命千年相约。
枝叶任凭风雨，藤蔓攥紧岁月

登上观景台，四周的亮丽在上升
一目十行阅读视线升高的风景。
万家之上，光晕浮于水面
零散的喧嚣在聚合。
西来的风声没有雨幕笼罩
山崖的冰斧凿开东方意向
扑面而来的气息被同声译出。
流云下的飞鹰，蓝天上的暗纹
一江水流非急非缓。当千帆渡尽
便只剩雾锁两岸，小树婷婷。

风雨来前，光影渐暗，青稞伏埋着动感
杨柳猛摇，谁在呼唤山谷的风声？
是谁又在草原深处，手执牧鞭

在一个高度之上啜饮天水
女娲补天，谁补季节的遗憾？八月的长风
在秋色的地带盘旋

一页残损的农历
覆盖不住聚云聚雨的天。
江水映带，欲飞的翅羽携卷初渡
葱郁的农作物把河谷涂鸦一片
油菜花的黄，青稞的绿
只待秋日长成粮秣。
河水穿城而过，万变的光束。
眼前沟壑，被一派烟云水气包围着
我的大美山川，一双平履把江月踏遍。
我只是一个过客，观云，听水，问山
静看一江云影飞向何处？
山坡之夏，邦锦花舒展着眉颜

场域几度更换，与谁坐在岸边？
岁月拂逝，城邑之内日子平淡
翻开一册城市周刊，月光躲在封底
太阳正在舔舐一帧封面。
陆续收工的劳动英雄，头顶夕照穿透的烟岚
斜阳余晖下与《新闻联播》共进晚餐

善念

早春飞雪，大地长梦正酣
杨树无叶，丛林里没有隐私。
纷飞的雪花，有几朵在我的掌心寂灭
走进江岸斜坡，我触碰流水的肌肤
细碎冰凌从指间哗哗流过。

流年转换，江岸被修葺一新
浪裹飞沫，雄鹰听命于神山召唤
在高海拔的场域俯仰生命的庄严
扒开雪，就扒开了上万年的酷寒。
水畔听涛，也听天河的一去不返
青萍浮于静水，大风背走落尘
骑手打马草原。有人捧着一束哈达迎宾
这是雪域高原的最高礼遇。

牦牛毛编织的袋子，盛满青稞
一生都磨不破。这磨不破的
还有人们与生俱来的善念。
皑皑雪峰，万古耸天

阳光正在瓜分沟壑残雪，以及黑暗角落。
谁得到的光越多，谁就加速分解

夜冷按剑，我想起萤火虫的断言
萤火虫说：命运压缩了我生命的短暂
我便赋予所有眼睛永恒的光源。
一只萤火虫，一片黑暗的补丁；
一只萤火虫，一颗流星的炸裂；
一只萤火虫，一道闪电坠入夜的深潭。
群飞黑暗，光染晓天。萤火虫的绒装上
镶满了洁白的纽扣和黑色花边

夜尽，我晨练至暮秋的江畔
朝日爬上东山，西边的牧场霞光冉冉。

有花中异卉，正站在麦茬地上
昂起金黄花冠，不改向阳之心。
万朵葵花嫁给太阳，夫唱妇随。

阳光，是火焰里上等的金子

从大面积草枯花萎的山坡望过去
我感知秋天行进的疾速。
当暮色被江水的旋流大口吞并
郊原上回荡着衰草的悲欣。

第二日，我与阳光不期而遇
这是火焰里上等的金子。
有些草荫撑起万物的神秘
没有事先布局。
一些村庄的事物和草地上的马匹
注定，无法确切定义

和暮秋抗争。苍穹之下
我中年的供词，写于某年某月某日
尽管，一株秋草愿做我青春之罪的旁证
晚秋仍将赋予我新的命名。
我已经不再为我辩护，必要的话
我会随时离开这秋风争吵的露天法庭
而慢慢放弃那些坏天气，正如
我们把一些空想，慢慢放弃

有些邂逅无法虚构

背上行囊，挥别身后的牵挂
从零公里出发，依次茫茫天涯。
坐下来与平凡对话，长短句
一层土壤，能种出一部剧本的清样。

日常是短笛，也是牧歌
日常是浮靡的持守，也是
忧愁时刻恬静的怪味时光。

日常贯穿了人生的逐个段落。
人生是简约的重塑，人生是善舞能歌。
有时是黄钟大吕，忽然狂飙突起
一部颠覆性的作品问世。
有时候没有确切方位，柔顺低迷。
有时候谈罢油盐酱醋，谈天说地。
有时候扑朔迷离，恨爱情仇、翻云覆雨。

生活是一道筹集了真情实感的长剧。
生活是古老建筑的别一种象形，飞檐斗拱。

花含苞而欢欣，草木无节制地疯长着。

炊烟是一藤长不高的云树
总在留恋那个黄昏，那些细节
风的招摇迫使炊烟无法径直上升。

山村的斑驳的确难摹，对称了萧瑟
纵然秋霜也能芬芳一时。

神的信物在云端，游移
烟火厮守人间，那么多奔跑的
缺氧的，缺钙的步履。

一群驮队正通过沙海的潮汐
握笔，写下泥沙裹泪的故事，恰如汪洋。

我背着天上的星星与街头的灯
常常混入人间的队形。

第四辑　冬藏·卧听寒雪

雪后的乾坤，别一种空灵、恬静

静到时间长出了白发

几只乌鸦从树上，丢下三两声天生的聒噪

一只鹰在天空转悠。

借问白色，你是天际的层云？

还是草地上霉变的雪锈？

——《天赠冬色》

入冬的第一场雪

上一年翻开的故事还没有完全合上书页
新年的祝福语就早早地在人群中传递，
拍拍身上落满一年的尘埃
和旧事作别，与往日干杯。

载舟的水依旧东流，而舟楫已不知去向。
炊烟消磨了一上午时光，一团云仍在山头
盘踞。这一场雪已经迫不及待
我抬头仰望，冬日的美已在天空纷纷扬扬。

入冬的第一场雪，已经漫过北方的几个省
旋即，漫过我的祖国那大片疆土。
我在奔跑中被大雪绊倒
白花花的雪就撒了一地。

谁给谁持灯

一盏灯在雪夜亮起，雪塬上一处地标
形成。雪还在下，下了一季还不觉得累
有一束残损的微光，在雪夜踟躇而行
只余一道不朽的雪岭，
远山的黎明。

独语，我听命于乡愁的呼唤。
而此刻，我在月光临流的雪地
举起微弱的火焰，低吟万古荒凉的时空。
一只雪豹悠然的踪迹划过。
人类的行旅充满险峻，充满悖论。
走过厚厚的雪地，我与月色彼此染上
视界的空蒙。一团雪轻盈而我便是雪的使臣

你听旷野的风声，有一种时过境迁的沉沦
当蹒跚的灯火，落入一湾熟睡的河谷
脊椎一样的雪岭上移动着几个夜行人。
压山的曙光用力地剥开乌云
尝试着把天幕上的暗黑统统清零。

我把命运的双脚向雪线以上挪了挪
背负行囊我赶一场生命必经的苦旅
走向远方的未知，恰如归程。

谁会捡到打开金库之门的那把钥匙？
筑梦者将以怎样迷人的姿势，面朝篝火
欣喜于东方的黎明，完成攀登
而背影却像一座矗立的纪念碑
悠长，动与静都无限丰盈

今夜大雪封山

这一刻已经大雪封山，山头被暴风雪占领
我在600公里之外，踮起脚尖
望不见那几个途中的兄弟，却能
听见西行路上慢慢停下的车轮。

篝火还没有按时点燃，山已经披上
一件厚厚的雪衣。救援的队伍已经扑向那座山
前方与后方的信号不时中断。
等一等再睡吧，虽然无法身处现场
也值得你我记住一些细节
鹅毛大雪，已经成功地覆盖了一切可能的空间

此刻，就在此刻，一切通往异国的签证
都会被一条通告拦截。开往西线的车辆
必须停下它们前行的步子。

这一夜，我们围在牛粪炉火旁
烤干我们的焦虑，用提心吊胆
抵押这个冬天

但愿这场险情终是一个精准谎言。

距离产生渴望。焦急等待的人群中
不时发出无奈的声音，这样的等待
会不会再度等来另一场大雪纷飞。
等雪融化，等扫雪车作业完毕
等一切就绪，所有的步子才能缓缓迈开
翻山越岭的行程。

裹着风雪的羊皮袄

山上宁静，多么使人神往。

山的海拔是山早已建好的城邦
风啊，你这永恒的手
在这山河的肌肤上一刻不停地游荡
像母亲把自己的孩子，一出生就丢进风暴中一样

风有多野，草就有多顽强
山有多苍莽，眼眸里就有多少摄人心魂的光
走过去是一片壮阔的荒凉，风驰着呼啸
沙尘撞击着风前的幕布
——云的襟袖雨的衣裳
香烟和酒，一个坐在对面
一个就夹在你的食指和中指上

一匹蓝绸包裹着白海螺一样的羊
帐篷是牧人的码头，草场是牛羊的仓廪
我是牧人的朋友，请给我缝一件羊皮袄吧
宽大一点，只要能裹住前路的风雪苍茫

毫无倦意的暴风雪啊
依靠绝望，有时候能活过一个晚上
的疯狂。春风设伏在它的墓地旁

有些夜景已经变形

从浅表层进入深度的冷。

对面旅馆的灯光还亮着，周围寂静
脚步所到之处，忽闻犬声四起
雪，早已停止融解。
大地被一种气息焊接，梦只能徒步。
天空虚空，月牙睁着干涩的眼神。
草木干瘦，积云飘不来降雪三尺。
莽远之处，有些夜景已经变形。

谁能扶起摔倒在山谷的星光，一束
夜与昼，把一些富有钝感的思想
唤醒。漫游的途程，被虔诚照亮。
左右时光的，不光是墙上摆动的钟
还有被寒风包围了的丘山掠影。

冷，仍在发育
冷除了冷本身，应该还有一道陈年光影，弥漫
后来的冷便不再是一个冷字，而是孤独的造型

它在冷到极致之后，转身
于光的意象中收获原初的艳景。

夜色无能，挽留不住烟花锻造的船舶
使其恒久停靠在夜空。
天空绝寒，光的元素正纵放寥远的心事
一步一步，走向夜的景深。

后来星星与火一起熄灭

村庄，在马棚里被纷至沓来的严寒
拴紧。把牛粪交给火焰
而旷野的篝火正集体狂欢。
人们试着以舞蹈的偏方，疗理彻骨的冷。
雪不停地下着，风依旧是行色慌张的表情
有人仍滞留在火堆旁，与火沆瀣一气。
后来星星与火一起熄灭。

当东方泛白，一切都不留痕迹
土地干燥、开裂，有多少等待缝合的伤口？
野草化为火焰，抵达不可抵达之处。

风恋着途经的轻盈，
常常卷起火焰下的灰烬，
向蓝的天幕撒去
奢侈成烟，吝啬成土。
风也尽显终结者的王气。
风能吹弯月光下的影子，
也会吞并马蹄弹起的霜尘

这堪墟的余音，随后被大雪草草掩埋。

村子蜷缩在奶酪色的旮旯里，
蜷缩在还未孵化的梦里。
大雪不急不缓地下着。
风演奏一曲不可重复的交响。
鼾声流动的村庄，有一阵子狗也一言不发
骚动的羊群
公然推开场院草垛，大口喂饱雪夜的饥饿
嘎吱嘎吱的咀嚼声，是夜的底色
许多年后想起仍然清脆空灵

后半夜，村庄亮起了几盏灯
熟睡的寨子翻了个身。
土壤里新生的胚芽，正在向邻居借水
我看见，大雪和爱一起覆盖了我的村庄
那是几代人筑就的家园

与雪进行一次精神对话

在旷野看雪，看到黄昏落尽
看到风与雪万般撕扯。

枯草萧索，终究经不起流年打磨。
几枝苇翊摇落了斜阳，
欣然而来的雪，虚拟了岁月。

在雪山下看雪，看到雪山围成一圈光晕。
如果说门前池塘是一枚临帖的旧砚
那么，这羽雪好比夏日里池畔的飞娥。

如雪的白纸被风啄
每一页都窝藏着冷厉的自然、人类的苦难与孑孓。
在子夜看雪，看到历史是黑白的绞缠与附着
看到那些自由的翅膀，也有湿地上低飞的黑颈鹤。
在草原上看雪，看到风披头散发而过
看到黑暗披着氅衣，看到黄昏夺路
炊烟落入邻居的院落。
在大寒时节看雪，看到一轮红日

漫过厚厚的雪。焰火截不断寒流

一束阳光，却能融化无边的轮廓。

法国作家萨冈说："雪是必然死去的蚕蛹。"

祖先血泪漫过的水域，也曾兴戎

雪国的冰川，吐出冻僵的舌苔。
我翻遍江河源头的遗训。只留下
春风不度的四字行楷。我扶半截烛光照见一缕孵化的春风

天空，一时被寒云劫持
地面上一些残光相互支撑。深陷于大地
水面上有冬末的尾音。
年轮舞动着黄金飘带，仿若旌旗

冻土之上，静与动暗自较量
三千年雪霜，被风和阳光大口吞咽
祖先血泪漫过的水域，也曾兴戎
深水拂动着潮汐的端倪
我在旷野上遥看孤烟，落尽

虚与实的水面，迭起
那一河青山的明净和匀致的蓝。
那河水，绕过嶙峋的山
不时冲毁沿途的种种计算

一道具象的美，纷呈而空幻。

万里河床是这波涛的子宫
落下来，宛然起伏的山风
扑向入海的召唤。丛草是我今秋的华发
也应算，先民们夜宿大荒的遗产。
沿岸有我寻觅的五千年标本。

我欣然写下一行雪山笔记

遥望雪山，有一种挥之不去的雪恋
海景房算得了什么？
我寄旅的屋舍，推窗就能对话绵绵雪山
附近，有比大海更蓝的天湖一色。

大风刮破草原，此地肥羊星星点点
神水蜿蜒，瓶装的任你畅饮
散装的用来浇灌千顷良田。

我常常仰视雪山
那里有历史掌故、人群里结实的呼吸

村与村以雪山为邻，家和家拥山而建
一尊尊银须善眉的雪山，阅尽风云亿万
牦牛低头吃草，苍鹰上升至云层
高原的雪光，高原的胎记
太阳多像一枚滚烫的印章
盖在雪山和草原上

风必将嘶呖。
脱缰的马群，马背上流淌着烟霞。
河自有她的柔美，多么像
一条缠山的玉带，彩喷的激流
我欣然写下一行雪山笔记
对于雪山，我以洁白的心感知它的应和
对于雪山，请你不要随意施舍什么

雪夜围炉

在雪地穿行
另一种水上的缓步。
雏鹰拍打翅膀，雪密风聚，寒意回荡
在雪地上挖一个坑，顺手
把往事掩埋掉一截。

雪掩屋舍，大风迎空
雪压千石，千石静卧。
万物有灵，为生命寻找一个扶柄
绝望是绝望者的兴奋剂
孤独是孤独者的赞美诗

雪夜围炉，锅里煮满了羊肋巴。
当我凿开遮窗的雪流
一泓隆起的梦，就与夜通铺群眠。
春风还未逼近，一些时辰就如鱼得水
一轮月牙躺在河水里睡去。

我曾在雪海里呼唤春风的应答
冻土晨光下，有一荚破土的嫩芽
一转身，已是千朵山花

想起牧人的转场

自然界的光与影，我认定它是焰火搅动的
风刀霜剑。光在齐腰深的水里变换着
花样

世界请容许我端出一杯幻想，勾兑光与影
或许，从枯木上能找到一片芽叶
那是庞大的时间的布施，生命的长椅

我紧邻牛羊的栏圈而坐
那黑色的羊粪，就像白昼藏在天空的恒星
羊群抵达面粉一样的干雪处
在朔风中，干雪被吹起

寒冷使人毛糙。
悠远的骨笛，传递出草原的一份冥思。
护羊犬执掌着羊群的安宁
它护佑白雪一样的羊子。
肥羊出栏，因应了牧民的全部想象

鹅毛大雪时,原野不胜其荒芜
一场向南迁徙的车辙抵达至冬牧场。
风暴从不知疲倦,阵风穿透苇丛的根部
和人的骨髓
寒雪在一截泛白的土墙下完成栖息
夜半的蜡烛黯淡将熄。
迁徙路上,羊群形成盛大的气场。

我愿意踩着冰雪陪伴牛羊
举杯饮尽半杯月光
即使梦里也能听到牧羊鞭清脆的回荡

面对无法想象的寒冷,我想象着
夏日里湖畔苏扬,牧草青青
有一只牧羊犬,游牧于奇幻之旅
原版的月光,照临在那一片
被羊群啃过的草场

木船

雪地上有一只朽了的木船，装满冰雪
冰雪衬托了静静的自然

这木船像一个孤独的老人
再也不能横渡激流
一座大桥撑起两岸的帆影

在咯吱咯吱的雪地里总能听到
那时候渡口上商贾云集，风雨杂沓。
现时有风刮过，河岸边一派萧索。

大雪纷飞的季节
落在船心的雪，积攒着一层厚厚的
白茫茫的历史

高原名花第一枝

一场雪拥抱了千山万壑
那山腰的枝桠，分明是神的几捋胡须
一座山，白茫茫海上静立的一艘船
一片岛屿，常常挂在大海的嘴边

山坳常被一种空白包围
四面八方的风让山永远站不稳
脚跟。垭口上潮汐起伏
寒风垂地，几曲回阑。

一场雪在西藏，能飘过四季而不改雪的禀赋。
精灵一样的雪花，凝成冰川的雏形
不日，这天外来客就焕发出流水的诗意
一枚六角形化石叩问阳光，一场雪的正与负
都是临山而筑的春意。

翻过雪山还是雪山

这里拥有陆地上的一切，当然也拥有雪山。
你盛装以待，我这圣洁的雪山。

当大海隆起，乱水千溢
平地凸显摩崖千仞。
海底在分娩，它被撕扯、重组
莽石从水底窜出
它们伸出手臂索要整个蓝天
蓝天赠予它们雪花赠予它们峰巅
赠予它们一尊珠穆朗玛
——昂贵的地球的一颗头颅

当尘埃落定，岁月撵来时
人们一边攀登，一边寻找雪意
不顾山高路远，手挽英雄故人

我在山峰之上想象远古海洋的断裂
如今气流怎样埋伏冰山？长风万里
太阳的炬目洞开，火唇独饮雪塬

雪山裸奔成河

翻过雪山还是雪山，这里盛产雪山
银装素裹堆琼叠玉
风吹云飘，岩石立于空山舞剑。
寒意浓缩，年华在斗争中蹉跎 。
雪拥北山，生命的丰盈经年历月。
谁能悟透那一份无争，便适得其所。
你跪倒在二十四个节气中大雪纷飞的“大雪”
和雪一样洁白的颜色是不朽的
在白色的雪山上攀援的人们是不朽的

我只能折一枝雪花送你

四月的尾声，遇见一场雨夹雪
似雨非雨，像雪非雪
它比冰雹轻盈，它比雨点坚硬
一丝冷厉，落下又弹起。
季节在艰难地转身。

风卷起黄沙，山谷有了苍茫的造型
渐渐长大的树叶，早就在风的摇篮里厮混。
一辆摩托车冲破村口的炊烟
消失在山的那一边。
丘陵状的草甸子上
牛羊嚼着雨夹雪的季节。

城市很冷，公交车站旁
一个身穿驼色风衣的女子优雅地走过
总是在这样的天气，我才想起远方的爱人
我们很久没有通过电话
我在雨夹雪的天气里，等她的声音
她的声音能否焐暖这样的天气？

爱人就像我爱不释手的书
翻开每一页，都是洒满阳光的窗户。
透过这扇窗
我如何能牵到三千里外，她温热的手？
雨夹雪的天气
她沙哑的声音里藏有一丝忧虑。

大山封闭了通往外界的路
想念一个人的时候
我想折一束可以相送的花，给她
可是环顾四周
这里只有雪花，才能栽种。
世间遍野的花
惟有这一枝是永不枯萎的。

空山拽不住一朵闲云

我在离天三尺的高原，看一场雪舞
就像山坡婀娜的花草，任蝴蝶穿梭
鹅毛一样的雪花，从北方涌来

山风依旧呼啸，落雪酷似家禽的羽毛。
昨晚我在等你，等到万物空白
你从云端纷纷跳伞，千朵万朵
岁岁重蹈旧辙。我捧住了你一颗来时的童心
努力而不做雪的看客
在一万里雪岭，突围出一条环山的困境

暴风雪一开始就封存了地面所有动静。
一些风从山那边吹来，
一些因果故事已经埋入雪下。
风前，万木枯叶开始一次仓促行程
它挪动、迅跑、解构、化学
它放行秋色的随意出入，
它舞出诗词的押韵腾挪。

过了多少年，后来

我在雪域等候一场雪，愿它来势汹汹
我遇见手捧梅花的人，踩着残光走过。
银河系南北横贯，星汉依旧灿烂
一汪盈盈蓝湖被星月填满
小寒刚过，飘过西藏的云朵
向东偏北偏南，就飘成了外省的雪

当绿芽破土，春天的欣喜
就在我们的心中满含光韵
清扬的草原之夏，绿风妩媚

冰雪是具象的水。我们游历于花开千朵
日月下风形雨状，恰如此
冻土之上吐出狂歌，使其适宜于夜的光和。

有人在流水中垂钓黄昏的浮金，
一幅清瘦的卷轴画在岸上摊开
草木不安，苇叶藏尽一丝光阴。
斜阳下谁在搬运寒山？
我自知，空山拽不住一朵闲云
当晨曦群聚于山峰
冰花无香正如海棠。
虽言冬日酷寒，但我半生以冰雪为友
微光浅淡，云影度尽事物的虚拟
怀揣风雪，我缓步在大雪的中央。

一山之上年龄相差万年的雪

沿着云层之阶，我怎么也找不到蓝天的豁口
漫云如水，且密不透风
湿云之下，烟火茂密
婆娑而略带轻寒，气流极喜群居
雪，也属于偶尔经过？

陈年的雪，淤积在表情丰富的山河
遥看日子渐变，雪映苍穹
我扶着枯藤一棵，把玩这
屋舍外连绵的积雪。

于苍茫的人世涉冰踏雪，
于山坳放眼辽远的黑白世界。
那山之巅，气甬屏帷，飘过一场场大雪
那是一山之上年龄相差万年的雪，
云飘过、鸟飞过、风卷残雪。
浪涌起漩涡，谁凭仗，荒雪四溢
山坡之字路，弧线上绕过柔韧的雪蔓
谁在拨弹五线谱的音节？

不息的，喉腔里滚动着扯人心弦的长歌
今夜在湖畔洗尘，天亮放开步子行远
踩着逐渐升高的海拔，与群峰比肩
山云隐退，风拽了衣襟

我绕过一泓蓝湖，绕过一部分从前记忆
湖光山色盈满我心，我把爱人想象成
静水轻摇的微花一朵

正午的南山，在湖面镜像排列
情动于中，马背上吟诗的少年
像帜张的旗，一派玉树临风

当大雪弥漫在我的四面八方
我起步于密集的生命之舞，羽飞在
黑白分明的世界。是碾压成花的青稞
是巨手的挥舞，匀称地撕碎千层云朵
这一场大雪，刚好落在我青春的葬礼上
仿佛一纸挽歌

童话一样，一场仁慈的雪
飘落在家国
天彻底亮起来以后，我找不到梦醒之前的许诺
在雪景里融入雪景，煮一壶雪压天云的传说

天赠冬色

当大雪覆盖了我朝暮不离的雪国，那么
流年搭起的青稞草垛，能否任凭漫卷的落英
把旷野的率性，永年挥霍

雪后的乾坤，别一种空灵、恬静
静到时间长出了白发
几只乌鸦从树上，丢下三两声
天生的聒噪。一只鹰在天空转悠着。
借问白色，你是天际的层云？
还是草地上霉变的雪锈？

雪裹的山川被阳光剥开，天赠冬色
若说近日最惬意的事情
不过是喜马拉雅山脉又下了场雪。
一簇一丛的草叶始于春风，终于冬眠
我曾低声地问讯江河
江河谦卑地说，雅鲁藏布江畔的层林尽染
怎比得上喜马拉雅山脉的雪拥经年。
我曾轻轻地问讯高山

高山谦卑地说，喜马拉雅山脉的剑指云天
怎比得上雅鲁藏布江流水的万载缠绵
我感知了山的襟怀，水的气度

风停得很突然，太阳浴雪
暖阳抚摸着雪的肌肤。有人堆积雪人
有的酷似卡通画，有的状如青稞草垛。
黄昏时分，雪仍在燃烧着

马背上驮着暴风雪

在水边，他点燃一支烟
他把一河的水点燃。
火与金子都浮在水面。
满是欢欣的河水，流淌了多少年。

望着褐色山冈，我读不懂孤独确切的意象
晨光拽着斜阳，马蹄起落
归来的马背上驮着暴风雪。

一村伏抱二水，一川漫过残阳
山坳里滞留的一汪浅湖
正在借风力的张弛收容天大的雪花。

把马蹄踏过的山岗，标注在羊皮卷上。

在雪山下辗转生活，你要保持沉默。
你要删除一些繁琐，卸载掉
脑海里一些多余的软件。
把灵魂嫁接在某一棵树上

有时畅聊有时畅饮
有时候还得喝些西北风
咀嚼遍地寒冷，咽下几杯苦难。

山的丛林盘绕着水的刀锋
盘桓在高原如盘桓在云端，所幸
常常感觉自己很无能。春驻草原的诗意
不知从何处开始构思

也该谈谈暴风雪来时的样子

雪山铺开阳光，我坐于其上
像是坐在时间铸造的轮船上
岩石装饰了船身，船底有徐徐的漠风
滚滚。天云飞动

这分明是一座豪华的游艇
祖父浓烈的眉宇，面孔冷峻
高高的颧骨，赋予大山的雏形。
望一座山就好比望见
一个民族的脸颊和颧骨。
江流带雨，大地母亲佩一束纯银腰带
高湖蓝镜，藏着爱人清澈的明眸
花草丛中蝶飞蜂舞
何尝不是我们儿时的结伴与嬉戏
纯真的咿呀学语

坐于山腰，等一场来风化雨。
踏着父辈的辙印
歇一歇又能扛起一座山峰，大步流星。

风的涟漪、水的涟漪都是苍茫意境
也注定我们的心愿若河水趋于明净。
我们心的属性，就是时刻准备着
让翻越码头的灵魂
随时都能撵上一条河的激流。

我的兄长，极像风雪中古老的农具
语言僵硬得像扔出去的石头
心却浸泡在蓝盈盈的湖水里。注定
能把苦难泡开来，畅饮

垭口上运作风暴
你可听出零下几十度的语气？
我听命于时间的轮船摇晃
我在野外拷贝荒凉。

蓝天有所隐瞒。
鹰翅下漏走的风也是光阴，
炊烟是罩在头上的丝巾。
秋草雀跃，山风撑起一件鼓荡的空袍
也曾数度回绝，同行中那个年轻女子的提问
那么此刻，也该向她谈谈暴风雪来时的样子。

守住黑夜就守住了一切

当我们对生活束手无策的时候，这是命运
瓦解我们内心，熄灭我们灯盏的奖项。
也是允许的，正如八月的钱塘涌起潮水
不改的铁律。或者七月的壶口，落水若兽
黄河怒吼给黄河倾听。浊浪里，一些灵魂不歇
地平线上，有人举枪侧卧，瞄准
一个策马而行的年代。

听隔江的猿啸也听涛，水道上涌来奔忙的客轮
冤魂在沉船的旋涡里，逆流而上
招魂的人们久久地坐在岸上。
人迹罕至处，河神在此。
我将这一把瘦骨献给黄河，然后
溅着我流淌的热血，写成黄沙的拼音
写成命运的配音，写成大音希声

人生本来就飘曳孑孓。风暴中过往的船只
载沉载浮，也都一一让它通过。

我不用敲门,可以进来吗?我问师傅
我是你书册里的某一个章节,你荒凉的文字
写下苦痛和泪水。我知道所有的委婉
都能磨挲出一份安然。有黑色的原力
就有血色的颤栗。
你的文字,散发永恒的艰深
你的映像,潦倒在磅礴的场景里。

雪地下深埋着万物的骨骼

在雅鲁藏布江柔软的河道
我俯身掬起水面上的一波寒烟。
我比远处的一只水鸟更渺小。
漫天飞雪落入天上水系
涌起的雪,像是万千水翼的集合?

遇见一场大雪
静静地望着飞来荡去
千万只白色蝴蝶。
遇见一场铺天盖地的大雪
村落隐身在茫茫世界。

繁星不来,月色归隐
今夜大雪,雪地下深埋着万物的骨骼
今夜的雪景是一场空缺? 且无月
风,不再掌击村落的枝桠,而是轻弹慢板。
云中圣女,云鬓散开,雪花浮荡
风从旷蛮的山上徐徐经过。飒飒声里
清冽的气流,滚过村落

浑浊的夜色望不见大河。

今夜大雪，月光谢幕
杨树指着天，空喊了一宿。
星空不愿俯瞰人间丑恶
借来厚厚的一层云，蒙住了双眼。
我是我失败的主谋。
我是我成功的激素。
今夜大雪，我的鬓丝上垂挂一层繁霜
伴有银色的焦虑。
陡峭的山峰坍塌时，一座又一座。

那一层雪，覆盖了沟壑的冬草
雪停风住，落日终究把雪，点染成画。
那一层雪，加速了穿山的寒风
留住了日月的霞波。

雪的狂想曲

夜已深，风更猛烈
河水孤悬在天。
狂雪迂回，年老的兽走过山岗。
旷野是风的舞池
为冬雪舞尽最后一曲，狂想。

如果江河是祖母的指纹
父亲就是高山的拼写，勇猛的合成。

牧场被大雪围堵
羊们相互耳语且忍住了饥渴。
雪已掩埋了草原的呼喊
向牧场运送草料的车轮，日夜兼程。
羊们嚼着滴答的时针，
静候牧羊人的脸部
由愁苦转向一片晴空。

我愿和天的蓝共色同族

今夜，我伸出一只手，始觉
有五条河在奔流。
今夜，我望不见一轮皎洁明月
雪花正落，我如约而来。

秋叶殆尽的树杈上挂着一些弯曲的雪
夜空阴沉，看得见落雪
看不见星月争辉。

忽一日，空山新阳朗照
一条河水缓缓奔来，微浪拍击岸上残雪
一时兴起，观物弄景，且行且停。

我愿和天的蓝共色同族。
我愿枕着四时的水草，一起荣枯
远山的雪地上有人匍匐，
大地像宣纸谁来泼墨成书？
卷轴画上，更见潮汐争渡。

我的大雪及其丰年

草木醒来始自惊蛰
幼芽从土壤里探出头，不用等到夏至。

雨霁云散，除却辽阔天地
总觉一无所有。重拾旧梦
继续向远山好水处掘进。
目光翻开途经的明艳
油菜花是我新染的布匹，
青稞穗是我才织的卡垫。

我案头的草稿，是你孤岛上的船
是你隧道里的灯。
豌豆花在细雨下沐浴
风把蒲公英的种子驮向四处。
晴空掠过秋雁，无论北山南山
不顾一切涌来了我的大雪及其丰年
闲时看雪，心情堪比少年
拥梦衾眠
云的成色间布于天空，那纤毫雪片

悠然，清远
雪，点缀着辽阔的草地远山。

冬日杨柳清瘦无叶，鹅毛雪肥。
一朵雪莲，透出粉白的脸

闲时，我把早年草就的一捆诗卷
比喻为时令绿蔬
诗卷，让案头重现文字的莽原
一些参差的、起伏的词汇相互挤压
有时只见雪弄冰寒，不见诗神下凡。

我常常被欲望之网最大密度的围猎
运笔时仅剩一生一死的独白
而无灵感的舒意张扬，于是
我就在我的宅基地上时常苦闷地喟叹：
曾经拥有一场大雪
但并不拥有一个欣喜的丰年。

在帕羊镇，我便在西藏以西

大风将至，灰云密布
阳光再次丢失了阵地。
有一道山岭已被赤裸的黄沙裹紧
这风的品相和色泽，源自于沙尘暴的抄袭
与某个国家的军服，及其相似
这波涛一样的风，淹没了你小小的县城
瞬间，围困了我的帕羊镇。

牦牛忧伤的眼神里，藏着归途的指北针。
人们跪拜的等身长头，路过我点亮的酥油灯
远去的修行，跟紧了向西的履痕
只有那一道烟尘，缭绕在仲巴的西大门。
在帕羊镇，大风将浮在地表的轻盈
统统刮走，也刮走了我剩余的那一点青春。

帕羊镇上大风将息
前方等我的，冰蓝的火焰非幻亦非梦
我不敢确认理想存亡的定义。
这是我熟悉的炉膛，蓝焰清唱着民谣

在昏暗的视线里，试图把嗓门抬高
把逝水的往事凭吊。
有半碗被谁喝剩的酥油茶
摆放在暮色下的窗边
上面漂浮着一层天下黄沙。
月光渐渐爬上树梢，从墙角移动至屋檐。
谁是谁的邻居？星星以及亿万个无名的星座
在银河里踱步，有人演算过
地球与它们之间的里程。
谁正以人类的名义，昼夜不停地破译宇宙的密码
破译出数亿分之一的未知。谁是谁的旁系血亲？
野牦牛、盘羊甚至野驴的蹄印。
沿着大地沿着河床，沿着山峰的走向
沿着各自生命的巷道，踩出富有动感的印迹。
地平线上的朝阳，睁开充血的黎明
彤红的齿轮一样的山地在转动，在上升

大风将息，时间在空间里裸身而烬
当时间卷进空间的涡流
时间在空间的子午线上，方能分辨彼此
空间在时间的巷道
当如春天对应一朵茉莉的蓬勃与枯萎。

大风将息，此地风物呈现一种美

它的美与天道兀自散开
此夜，听闻格萨尔王的战马嘶鸣
是谁？手握一把长镐
在神山仰望，在偃旗息鼓的驿站
埋头深挖狂风过后的软泥，扶起片云若操琴
垒起了兵营、垒起了牧人的民居
垒起了腾绕的炊烟

在帕羊镇，我便在西藏以西
牦牛是草原上不倒的帐篷，它驮着历史的精魂
驮着露珠初上、东方泛白的天际
偶尔慵懒于草原，时常昼夜兼程
窈窕的远山上，如果有一朵雪莲
就有一千朵寂寞，敲门。

若是孤傲的云，更有山间的月
壁岩生长着灵动的雪莲花神。
她是倚在帐篷旁忧郁的梅朵——我年轻的女神！

梦中的羊群，莫不是从雪山高处滚落的雪球
遍布山野，像一束束异叶青兰[1]纯白娇艳
那一汪深蓝的湖，多像一双神灵的慧眼

① 叶青兰，中药材名。别名，白花枝子花。藏药名叫吉孜青保。

瞅着来往的，所有人手握的证件
有西去的脚步就有返程的几种抛物线

大风将息，骚动的声音降低分贝
能见度还很低
帕羊镇，地处风暴必经的豁口

呼啸是砺石之墙倒塌之前的啜泣
一堆乱石拼写了一侧勇猛的掩体。
呼啸是一辆奔驰的卡车，抛锚之后
在这一片梵天净土之上沧桑地站起。
大风与饥饿的狼群一起，路过帕羊镇
全镇窗户下的每一盏灯，都暗淡了许多。
几只迷途的羔羊，倒在暴风将息的子夜
倒下的地方离天很近。

雪映大川，遥看蛮荒，我心孤绝而神伤。
我的思绪，在窗帷遮蔽的子夜漫游
越岭翻山，风伏静谧，偶尔惊起旷野的梦魇。
天亮以后，群羊已经负笈远行
让风撕碎的羔羊，被巡天的神山认领
几片冻僵的湿云，就做了群狼欲望的一块补丁
唐蕃古道上，多少英雄易袍换马
多少雪山瑞云横飞

大风吹过的地方，来年水草丰盈
大风吹过的地方，遇见几座新羊舍
两代牧羊人

在帕羊镇，有很多传说故事很密集
常常会遇见，去阿里和从阿里返回的车子
219 国道上，一切行踪都风尘仆仆
人和车的额前，都水印着一枚冈仁波齐的唇印

在帕羊镇，我便在西藏以西
在帕羊镇，我迎着刮过来的风
一遍遍自问，谁的灵魂不裹挟几粒埃尘？
谁的风景里没有风。

我跃上马背暴风雪就是匍匐的随从

树影在地面律动。那时蓬勃的春夏
多像一条小河，自在轻盈地游走。
沉静的秋牵来凉爽的风
飞叶像是季节的落笔。
后来的冬天就卷缩在某一个山阴
偷看雪花简洁的舞姿。

狂歌的暴风雪用它的率性刷白了川原，
它以生命包括巨额遗产
坐稳了冰雪铸成的江山。

阳光涌过来一些虚拟的暖，
寒风呼喊着旧事。
树上的绿叶年年替换
有人走过，麻雀和叶子呼啦啦飞走

暴风雪，总在深山围猎觅食的雪豹
暴风雪，卷荡着一只飞狐渡河。
强悍的喜马拉雅山风，才是世界级的雄风。

暴风雪是风的因子，是雪的醉意
它是嘈杂的马蹄，它有穿云的美。
它放任一种冷厉的气息
就是放任一束烈焰，任其燃尽。
啊，暴风雪
山垭口你的尖啸，直抵云霄。

我是被大雪包围的都城，我是
困于苍山的孤云。我不用寻找凛冬
我端起烈酒就端起波涛上的大风
我跃上马背暴风雪就是匍匐的随从。
苍鹰做了我仰天长啸的先锋
烟波里沉重的翅膀，几度轻盈。

第五辑　逆光·精神修葺

每一次遇见，都是风动幡旗，奔云之势。

每一次的微雨大雪

都能唤起我的下落不明的灵感。

我多想再一次静静地闭上眼

听闻一曲远道而来的牧歌

让它唤起我生命里美好的眩晕

——《大地的族谱》

当时光途经

但灵魂骚动啊。
固然群山勾连，村庄恬静
月涌大江的，我的一川碧蓝水影。
河床上的淤泥，垫高了谁的梦境？

从故乡归来，热泪沾裳
倦马踏尽落晖。油菜花就像铺开的织毯
与我比肩的青稞，好比寨子里一群葱郁的后生
他们才是喂养这片家园的功臣

一把能攥出血的泥土，
是能长出黄金的泥土。抬眼望
时光的墙头，蹲着远山的雪
深邃的夜，闪烁在星光的海洋

再遥远的路，也有一条连接故乡与他乡的途程
再灿然的烟花，也不过瞬间的天雨。
金钱如泥，有些纠结的人和事正被浪花挟裹
从故乡归来，听一河旧水依然澎湃。
虹云之下，我怀抱春风

论雪莲的象征性

我循着歌声翻山而来，看雪莲花的盛开
一万朵花在太阳底下有一万个影子，摇摆
它以无法遮蔽的抒情，将低飞的翅膀徐徐打开
我走向这雪莲花的家族，它的美艳使人沉醉

我从我的籍贯里带来了乡音
我从沿途的风景中看到了，看到了
山的列阵、云的悠扬、水的特性
冰川独饮寒风，雪莲在乍暖还寒的早春，受孕
阡陌之上，春风在一弯激流里远行

我再一次手握锹柄，开垦冻土之上的瑞景
让人生在雪地里，大汗淋漓
当雪莲在金秋分娩时，秋天的水土也将价值连城
叶落时节，山风恨不得把一个秋天连根拔起
而高洁的雪莲花却在静享着日光浴

太阳落山时，我遇见一群身穿氆氇的人们
他们围着一堆篝火，用母语谈天说地

锅庄舞随着火焰起伏，当篝火熄灭
他们都各自从雪山，走向雪山的纵深
他们个个都是一朵在寒风中挺立的雪莲

别一种想念

我想念你们，每年都要在故乡种上几株格桑花
在城里的阳台、在农村的菜地
使其赋予雪山的性情，让它长成极地的样态。
那时候风雪比花朵繁茂，帐篷外常有狂风歌号，
我虽身返故乡，但你们和雪莲依旧被我默默珍藏。

我想念你们，想念一碗烫唇的酥油茶
想念大家在太阳底下忘我劳作、笑语喧哗
想念大山里清盈盈的雪水，滚下来
想念草原上透亮的草叶，各色的花
想念在阳光下搭好帐篷，在五月
在风速突然减缓的一个下午
我们对饮青稞酒、尝一口浓浓的酥油茶。我想念
整个夏天开不完的、漫山遍野的格桑花。

我想念雷同的山和用歌声对付爱情的姑娘
绿草之上没有常花，高高的山顶总能寻到怒放的雪莲
歌声是叙事的一种，劳动从不厌倦一万次的重复。
大家就像河水里不湿的云，每天都有清新的面孔

我们的战斗岁月，就像匆匆来临的夏，总有风雨参与。

我想念雨过旷野，迁徙的风中藏着流沙，
我想念杰出的狼和山岩里狡黠的狐狸，
我想念机警的土拨鼠，想念雪豹一掠而过的踪影，
我想念秋天南飞的大雁、头顶盘旋的鹰隼，
想念那一片白云蓝天，四季里高洁的雪峰，
想念从河谷里长出的青稞，还有
与水同流的歌舞，与山同在的气宇。

那些想念的由来源于心之所向，关乎一卷书
关乎一段时光，关乎友谊，关乎草木和世情。
是雪，是结庐群山的神，它们帜张一域
雪花碾压深邃的夜，抹去辽阔的浮尘
风几近恬噪，而雪也总会让川原焕然一新。

那时候，国家需要就是我们理想的桅杆。
我们并肩而行，藏汉一家，荣誉共享，风雨同担
那些年月，春种、秋收、修路、野炊，与风雪相伴
那时候，收工很晚，走着走着，天色就暗了下来
说着说着，就越过市井，谈起了未来和苍穹。

往事就像电影，真实而激动人心。如今
在繁华的都市遇见荒凉的目光时，我就会想起你们

你们是我在西藏高原上邂逅的纯真和善良
就像在雅江上游的渡口摆渡，把春风也一起捎上
就像在五千米以上的雪线，伸出冻僵的手摘一朵雪莲
就像我们一起等候雨停，祈盼无雹来袭大片的青稞。
我想念你们，且让我想念那些我们共同的岁月。

那年，那一朵雪莲花

一朵雪莲花开在山崖
睡在雪山的摇篮。

一苇轻摇，逝水冲走了月亮
山岗上，雪莲花有几缕暗香。

七月狂雪，绝处凌寒。
烈风，无法摧残她簪花的美妍
她倾城，她卓绝，哪一种花卉可与之比肩?

一朵雪莲，冬日里的一株火焰。
我眷恋雪莲，因为她像碳火，像光源。
深山里的每一株雪莲，和粉色的梦都有关。

雪披远山，翼落两岸
更那堪，谁能读懂风中的少年。

高山上的雪莲
那一抹嫣红，伏藏着一缕惠质幽兰

晨光中，一轮金辉，光涌苍山
夕阳下，她是逶迤的丹霞，殷红且明艳
雨住了，她是一拱彩虹，烛照山间
雪住了，她是生命的密码，她是幽香的兰

我赞美一束束在风暴中挺立的雪莲
翠玉拂面，她冷艳。即使误入花团锦簇
我惟一钟情的还是那一朵雪莲。
俯仰之间，岸旁千堆寒雪四溅
斯人落笔，霜天墨染。

长云绕过雪山，热血在马背上着陆
雪莲花的面影，像一尊静水里的冰蕊
愿她，穿透一切茂密的黑暗
给予我们更多的情怀与少年

所有的马蹄都在逆风中疾驰

能感知野马绝尘，鬃毛甩动
它们凭借广袤的原野，凭借暴风雨养生。
它们驮着呼啸的风烟
驰骋在阔广的雪域。那里有清浅的溪流
岁月在溪流上摆渡。
深蓝的镜湖天云摇荡，湖岸上草柔万缕
袅袅风音，俯拾皆是

冬寒蚀骨，一道车辙压扁了往事
长风的涡轮卷不走一泮，残山石玉。
山脉绵长，驮起成品的雪花
晴时的云荡不开雨时的梦。
破旧的一册格言诗，仍像一道光束
繁密的矮矮的草，像大地新拟的文稿
所有的马蹄都在逆风中疾驰
所有的影子都是烛光的墓碑

飞鹰逐天啊，狂在云端
烽烟滚滚烈马嘶鸣且绝尘，这般的不羁。

野鸭放步，浅河几处，微风又吹起。

撕扯绢帛，别一种质感。水面被谁撞破？

追赶流云的，自是扶摇的大风垫底

兔起鹘落，那一组鹰的血性烘托。

马匹嚼剩的径草也将化作轻烟。

有的马，早已放逐南山。

有的火车在隧道上驰骋

从我空荡荡的袖筒上穿过，度尽闲山

扶贫攻坚战役颂

博弈了几千年，我们仍旧，被贫困操纵。
那些骨头缺钙的家族，我的兄弟姐妹，父老乡亲
一见面，他们的目光也很贫穷。

有的人和贫困徒手厮杀，有的人和贫困青梅竹马
有的人用尽一生的气力
也剪不断贫困的脐带、甩不掉贫困的尾巴

叶子纷纷逃遁，
为的是迎合秋天成熟的要义。
有细密的枝杈，正手握残卷
茅檐草席上仅剩一件祖母的嫁衣。
山风刮不走缺米少盐的日子
那些个捉襟见肘的艰难日子啊，一度潮湿
就连长在门前的树木总也挺不直腰杆！

荒凉是可以传染的，疾病
精神的荒芜犹甚。
时间搅拌着沙尘，在风暴的旋涡

滚动，吞噬着人们的意志和抵抗力，
衣食之忧更是覆盖不住的，天大的漏洞！

脱贫攻坚，国家早在“十二五”就已布局
举一国之力，让全社会出击
吹响集结号，驻村干部们纷纷下沉基层抢占高地。
有的人举着火把和爱的力量匍匐前行；
有的人把青春的答卷写在遥远的乡村；
有的人担当起清除那几户乡亲们
房前屋后贫病的残余。战事正酣
有人怀揣军令状为之付出心血，甚至生命。
有人把扶贫的论文写在抽穗的田间，
写在诗意的牧场，写在广阔的土地。

这是不亚于任何一场改革的战役
而我们的敌人，却是
盘踞在雄鸡版图上“贫穷”这两个大字。
当全社会的手都帮着他们扶起犁铧
铲除杂草的根部，我相信希望已深深扎根。
是的，我们的敌人不会轻易缴械，退出阵地。
前线正调兵遣将，扶贫的大军压境
攻城拔寨，一个民族数十年的秣马厉兵
即将走完攻克贫困的又一个长征！

爱心正在包围走得缓慢的脚步，
爱心已经包围了中国的乡村城镇。
那些流泪的河流
把常年的呜咽谱成咆哮的新曲，放声歌咏。
将夜，盛满苦涩的器皿酿出了酱香的曲酒
满屋子一缕绕梁的醉意、春日的清新。

当蝴蝶蜻蜓和蜜蜂，在花间优雅的轻渡
当具有王者血统的鹰，因应了云霄之上的神性
它们，无非是在美学的锦帐下恬噪的放纵
青藤之上，黎明破开，东方翻开一页挂历
更像一张脱贫攻坚的作战图。

此刻，小康路上挽手并肩的人们
多了金灿灿的笑容，从眉间抵达内心
定位并撬动贫困，讨伐继而歼灭贫困。
英雄在倾听胜利的召唤，
中国也终将打赢这场波澜壮阔的
扶贫攻坚的战役。

小康赋予家园一个明快的标志。
请不要忘记磨难的记忆，图腾
是撑起无畏的顶梁柱；
请不要丢失战斗的勇气，这是崇高的战斗。

五千年祖先的血涌，几代人的追问
那些青铜翻卷的肌肤，能否融入时代的晨风？
他们苍白的脸上已焕发红润，
他们外露的脚趾已穿上新履，
他们的头颅已与祖国母亲同频共振！

扶贫之魂在于精准，
无论你是扶贫干部还是贫困户，
我们每个人仿佛都完成了又一次投胎，
或者一场盛大的灵魂洗礼。

我邀你在楼上看我家乡风景
那些个村落，那些个田园
静水之上有清澈的光，盈满全部的幸福
这就是中国的表情！
这该是中国的表情！

精准扶贫彰显大业兴盛，
万道朝霞纷呈，国运在螺旋式地上升。
扶贫路上充满了盛放的暖意，
小康社会进入倒计时。阵地上
飘着不倒的红旗，扶贫终成。
季风穿过山脊，大海涌来又一波潮汐。
倾耳听，整座山头都在欢呼

欢呼一个国家里程碑意义的使命，即将
大功告成。献祭五谷的立方体！
欢呼的歌声，荡漾在绿茵的草原，
新搬迁的村寨、新就业的岗位，
舒缓而悠扬的奏鸣曲，回荡在时代的潮头，
沸腾了九百六十万平方公里的战地！

他跪在风雪中雕凿人生

石雕师傅收工以后，坐下来
他的半成品作品也跟着坐下来
一双粗糙的手，在石头上凿出半生的诗意
盛酒的碗，在灯下起了一丝涟漪
一碗酒能否将所有的艰辛冲淡？

断断续续的歌谣还能记得一些。
雕凿的花样，仿佛岁月的倒影
一些铁器，撬开山岩
一些石头，选入雕刻作品的胚料
试问，有多少块岩石成了他的作品？

在一间熏黑的木板房外，他把庸常的生活
雕刻成绮丽的想象。看那石头上的刀伤
累月经年，他跪在风雪里
雕刻的个案无一重复，
他把冰冷的石头雕刻成有温度的生命。

深山藏有生命的隽永，分门别类才是散开的万象

天幕之上，山的黛色里藏有作品的拓印
复活一些有温度的语言，我的民间工匠
一生手握刻刀，把文字刻成翅膀
刻成山的影像、鹰的影像，让苍凉近似苍凉
从石头的肌理寻找一些真相，或者
在冰冷的表层，雕凿出生命的气场

光的混合物

灯火填补漆黑的夜。临街的店，陆续打烊。
霓虹在满街流淌，人影若有若无
午夜三点，我循着黑暗走过街头无人的空旷
由远及近的一辆车，不闻声音只见流变的光
风一般的穿过我的忧伤。两孔光
就像一双晶亮的眼睛，直逼黑暗的前方

一束光被涌来的另一束光相互切换
有的光从楼顶柔滑的坠落，融入午夜的迷茫
我的步履迟滞凝重，若载雨的阴云一样
远处的光和近处的光，在碰撞中丛生希望

世界进入梦乡，疲惫的身躯亟需满蕴力量
惟独思想任其在夜色的城池中游荡

当东方破晓，光芒已将我淹没到胸口
若轻烟一样，绕枕而雷同的梦，散场

继续接受生活的宰割，接受岁月的臧否

没有健硕的体魄，怎么迎接死亡的远客？
谁能与我合力抗衡世间虚妄？月已西斜
而我刚回寒舍，听窗外传来的音律多么缥缈
一种气流，在小城的街面跌荡

写在江城武汉封城之夜

昨夜，我与近水远山低语
街头的灯火渐暗，而城市的腹部
正在酒精的旋涡里发酵
今夜，我重读红尘拂面的人群
如春风摧开的凌汛。
今夜10时，武汉封城
千万双脚步突然停下转动的齿轮

今夜，让我与苦难插肩而过
所有的哀愁都呈现夜的空茫
从而不再具象
今夜，即使看不到前路的微光
头顶仍有窈窕的星座，无声地
把脚底的波涛与断崖一一点亮

今夜，我望不见一轮明月
却能望见天际里一星微弱的野火，任凭残缺
暮冬的雪，映照出上游拱形的桥
春天的那道闪电，再度把撕裂的乌云焊接

春风迟暮，枯草萋萋于山坡

今夜，让我煮一壶寒风冷雪，饮尽艰危的岁月

今夜，我把点燃的明烛当剑，斩尽人间妖狐

以期下一个凌晨，行远，策马他乡

身披战袍的人

纵然青山落雪涛声破裂，黑天鹅还在独舞
纵然，黑暗爬过光明的阙口

冒死逆行的，那千千万万个勇士
他们的战袍迎风
他们的发梢掠过萧萧烈风，若盈盈蔓草
那是飞过黄鹤楼上空白色的鸽子
那是扑向洞庭湖水如剑的划桨

这个春天，谁能置身事外？
风从对岸吹来。诸位：春天在天山之外吗？
嫩黄的芽尖冒出土壤。月亮在河中沐浴
长江的涛水翻飞。楚国的屈原正立于潮头
发出千古的《天问》

这个春天，有颤栗的枯草，也有下弦的残月。
这个春天，也绝不是盛满悲哀的容器！
我拒绝苍白的诘问。
茫茫云端正透出一道撕破乌云的曙光

人们只需要一只佑护生命的口罩
把风雪和敌人挡在山河之外，消灭在病榻上
谁说春天望不见，山岗后面风拂的远景
身披战袍的人，怎一个万家无恙，括尽心愿。

兼论爱情的荒原之一

琴声盘踞，音符起落
星星眨着遥远的光明
一只深邃的眼睛，另一只是临街的灯

你的长发在风中轻飘
宛若一瀑盛夏的柔草
我曾说过，我不怕爱情的荒原寸草不生
更不怕天空那几朵飘移的乌云
我担忧的是爱的那道光，有一天会突然被折断

但有人还若无其事地在黑暗中扣动扳机
射中了虚拟的丘比特的心房。
止于唇齿而绝望，掩于岁月已荒凉。

今晚，端起盛雪的银碗
盛满一束月光。我把爱情比作疆场
我已经从爱情的疆场上，屡败屡战
终致，缴械投降。
左手拎一句宋词新韵
右手攥紧一卷情书的狂放
一线阳光，照在风雨过后的旧木窗上

兼论爱情的荒原之二

懂得了爱一个人，就懂得围炉而坐、劈薪添柴
在爱情的屋檐下雨声淅沥
水的回声细密而风声粗粝
眺望远山，我看到了万世情侣

爱情如风吹过一缕吉祥，让人焕发容光
正如《风筝》的歌中传出一句
直逼爱情的普遍追问：
“所以我会在乌云来时轻轻滑落在你怀中”
有的词人，有使人猜不透的灵魂漫游

懂得了爱情，就陶然于爱情之歌的展放
理解了爱情，爱，就统治了两颗心的领地
不容异族敌国占领。有时会在死守中阵亡
但，爱情的战旗仍旧飘迎

爱情的狂风，刮乱过一片麦地
爱情的天才，能撑起一座庙宇
爱情是我臂弯上，你的秀发轻盈

爱情是你从头到尾,我的未尽的深情

被你一次次折叠成简约的一千个童话

系着的风筝

爱情应允我的,这般的神秘

在拉萨至成都Z324硬卧车厢上

午夜，这争风夺雨的世界早已入睡
我乘坐的这一趟火车，像一只不倦的铁鸟
在黑夜里穿越黑暗
路过的站台上空无一人，信号灯发着微光
夜幕里的黑白风景也被瞌睡包围
一副无精打采的模样
黑的是远方天幕，穿着黑色风衣的女人
白的是与灯火有关的事物
有一束光，碎银子一样甩在沿途的路上

卧铺车厢里有人打着呼噜
走道的窗边，坐着一个年轻女子
在光影中，那隐隐约约飘落在肩头的长发
散落一丝丝浅色的光
这是漂泊中偶尔的无眠？
还是某一个时期情感大面积失眠？
她要到哪里去？遇见一些什么人？
和一些面孔相聚又分离
停下的是脚步，停不下的是心情。

哗哗叮咣，叮咣哗哗
夜行火车，只有一种声音
车厢里难得的寂静，外面的景物一晃而过
火车穿越峡谷，穿过寂寥，穿过山水的苍茫
甩掉黑暗的意境，冲向黎明，冲向各自的目的地。

命运有一种落差的美

我们常常碰到被命运改编的剧本
血泪交织。枯草守着大风
有时命运告急，末日逼近、运气绕道驶离。

流星的皈依，无异于坠入时间的城池
这耀眼的滑落，就是一次壮烈的灰烬
痛饮千杯，也想吐出几行愤世嫉俗?
乡愁早已散架，灵魂书写万言
举凡儒学佛学，都荟聚了诗意的芷兰

即使你认为，这世界隐秘了万象
即使你认为，繁忙的宇宙无序而行
但愿你泪洒衣襟
只为唤醒心底的春风浩荡

江畔，听雨击鼓
总被无由的忧郁笼罩。
命运有一种落差的美
驱策的马群，更接近命运的拐点
更接近炽燃的未来

2020:兼赠奔走在抗疫和扶贫一线的你

也许你刚从冬灌的田埂上走来
满身乡野的泥土味,清新的气息多么怡人。
也许你刚从牧场的风雪中走来
带着草原牧人的神采。
也许你刚从抗疫值班的岗位上走来
执手敬业奉献的豪迈。
也许你穿梭在故乡与他乡的两点之间
横渡波涛,荡舟行远

当星空的烟花照临这一年的弯路,
此刻的你正站在寒风穿行的树下。
仰望冬天像一幅静止的素描,
惟有雪花在整幅作品上奔走。

高原冬草,还原了大地自然的色泽。
山风回荡着寂静。湖海般的潮汐在涌动
霜染的月色,无眠的光风。

谁不神往站在云端,看脚下万道光束白云缭乱谁不渴望人生旅途上家的那份真挚的暖。
如果已逝的岁月曾经留下你不舍的赠言，
如果你正在欣慰的回望昨天，我想
你的故事的一部分必定来自乡间，取自天然。

所有的荣耀都是苦难的集成，
所有的崇高都由如常的奉献来链接。
我们在庚子年写下了国与家的命题
抗击疫情，护佑生命的港湾。

这一年，你收到了地平线上朝霞的邀请
在扶贫的乡间，写下值得念韵千遍的诗篇。
这一年，你扒开飞雪，放牧生活，奖赏春天。
下一年，虽春声未断，但仍有乌云横卷
斗争的幸福正在相互激励和感染。

西行珠峰，斜阳下你饮马雅江横渡激流
哪怕荒烟锁了一村一寨，一城一池
哪怕只有少数人正在谈论春天的壮观。

风马旗是你初遇的吉祥。
你怀抱一把念扎琴，即兴一曲触发的灵感。
携半肩行李，你生命的图谱啊
既有市井柴米的脚印又有仰望星空的目光。

生活常在风来雨去中出没

风疲倦的时候，树林里有一种静。
所有被风掀起来的，都停下步子。
炊烟撑起一顶帐篷，烟火熏黑了煮茶的铜壶。
坐在泥土中的一截草根上，灵魂会不会受潮？

失眠者半夜醒来，总要看看钟表
问一声夜，离黎明还有多远的距离？
当梦一袭长裙，泅渡忧郁之河的时候
神向每一位失眠者分发细密的月光碎片
无语的是立于门前暮色一样的树
枯草挂着冰霜
生活常在风来雨去中出没
世界太过摇晃，时间被溺水
心情被拆迁，以至于七零八落

把自己蜷缩成一个逗号，抛出去
能否击落人世游弋的光标？
那些迎娶暴风雪的人
不知经历了多少次死亡的抗争

孤月之夜，任思绪漫游
真切的生活既不是空悬的光影
也不是远道而来的神
它们是地球仪上的经纬线
有形、有韵、有致。

我常常放下书卷，呼唤万山春风长留
在秋的门前，静静地看着满树低飞的金叶
演绎跳伞之舞，凄美的死亡，一一呈现

在阿里古格王朝遗址

慕名而来，听闻高山在用母语朗读风雪
一篇锦绣的文赋，千年的存在。
巨山无声，倚靠在古格王朝的睡梦里
战车碾压着洞窟的壁画，时间滚动。

兴亡多少事，尘埃里有藏不尽的谜。
我愿意在此地长梦不醒，琵琶掠过天际的繁星
心绪茫茫，是谁？枕着战马入睡。
一只老鹰，翅膀翻飞过多少回风雨阴晴
飞过我的大草原，遥望远处的札达土林
那一行高贵的鸟鸣，埋伏在拂晓前的光丛里

无树可砍时，可以砍伐月光。
遗址的上空飘着永恒的云。
低矮的屋檐张开黑洞一样的嘴巴。
大风，时常把埋入山谷的声音掀起来
耳畔的厮杀涌来又退去

此刻深秋灿烂，

而前面的山垭已经雪飞九天。

远处的山岗散落着无人照料的风景
旷野的马群不再嘶鸣。
谁的声音惊飞这檐上的鸽子。
多么壮烈的，永远的西北风
跳跃的水势山形。

阿里草原上的牧羊人

不断地迁徙，走向更丰腴的草地
他熟悉牧场如熟悉自己粗糙的掌纹。
羊群让一片青草找到了献祭。
山风嚣张，牧羊人赌上一生
守望草场如兵士守卫疆土。
虽常有苍狼出没，依旧心怀激昂
天边，有一束灯把牧场的夜照亮。

紫外线宛若带刺的山花
常年开在牧羊人古铜色的脸庞。
不断地迁徙，避开寒雪冷霜。
沿着祖先淌过的路，任耳畔掠过长风
在溪水边搭起毡房，方圆几里牧草浩荡。

高颧骨，高鼻梁
他拥有纯粹的高山与大江的血统。
这一生，他牧过的羊
羊毛能盘踞成几座雪山。
羊群远去，牧羊人的背影已模糊不清

只听见他的声音荡开来，凝成一股悠远的力量。

如果欢欣的羊群一起涌来

比江上的浪花更白，更激荡。

如果欢欣的羊群一起扑过来

会一口喝干一条澎湃的支流

我屏住呼吸聆听，面对这条不息的逝水。

酒杯里的乡愁

我常常羞于提及故乡
故乡与他乡的距离
就像一条越走越远的河流

或者故乡是一片废墟
我就是废墟上的一块瓦砾。
或者故乡是璀璨的夜
我就是绽放过后的一抹灰烬。

犹是那时风雨
一湖之上,明月多皱
我蹚着河流走远了,鬓边堆起几层银霜

有时很细微的某个信息,突然就
点燃了自己的故乡情结

此刻,我就像一只奔跑的藏羚羊
舞动在旷野和无边的经卷之上

当时光慢下来，云朵飘过的时候
我就会想起我的她，我的故乡
它是游子一条永恒的生命长廊
在走遍他乡的路上，故乡给予我生命的钙质
和饮罢一盅再饮一壶的豪爽

你给故乡留下多少遗憾
故乡就会赠予你多少夜失眠。
故乡沾满老茧，故乡有神出没
故乡是一个你想回，却不能轻易迈开脚步的
那个遥远的地方

西藏，写着我们革命和战斗的年鉴

我从西藏回到内地已有多年，可是
我仍然保留着伴随我几十年的这个电话号码
我时常拨通那里的高山，听一听风舞冰雪
那一声长长的呼啸。漫卷的云，云之上那深邃的蓝
那里的雪山是我此生不可再遇的高度
白云蓝天下我走过放牧青春的草原
沿着喜马拉雅，我走向两鬓斑白的雪山

花甲之年激情冲荡，青春依然轰鸣，不减当年
大半生在高原，襟怀便被赋予了高山的海拔
艰难困苦中，掩饰不住的总是
革命理想高于天，这诗意的勇毅，这非凡的咏叹

我时常拨通那条长河，生命里不可或缺的音乐
峥嵘往事一次次掀起巨浪惊涛
冲击出的沙丘长满了芦苇，构成绿色的岛屿
那流淌在草地上的羊群，是吉祥的化身
如若溪水是大地的逗号，蓝湖便是山河的句点

我从西藏回来已有多年，总也忘不了
那些岁月里燃烧的激情，心底里埋藏的故事
那时我们天当被子，草原当床
枕着波涛畅游在梦乡，蛰伏于土壤里多少渴望
在帐篷里、马背上，度过一段长长的苦乐时光
那些闪烁的星星多像被子上绣满的花黄
那时我们有梦，虽说平凡但依旧崇高
值得终生典藏。那时候我们一无所有
怀揣的理想就是不断攀岩，当好战斗的一员
超越自己，钟情的那一座山

雪卷羁旅，我站在大海一样的湖畔
几十年岁月我们敞开襟怀，眺望人生的等高线
有人说，西藏归来不看山
我也早已深以为然。当年啊
我们的番号是十八军，我们把胜利的红旗
插上高高的喜马拉雅山巅。
大部队里有一代枭雄张国华、谭冠三，他们
走在队伍的最前面。几代人用青春、热血和生命
写下了，进军西藏、建设边疆的诗篇

山野绿了，小草就有了阳光的味道
牛羊肥了，牧人心底的愁云就散了
1951至2021年，宏图起于雪山

藏汉儿女执手并肩，共建家园，优雅地起舞
歌唱土地上的丰收，这七十年巨大的时代变迁

今天，我又一次接通了那里的电话
他们回答，山川大地已被曙色照遍
那里有迷人的花草，扎木年的琴弦
那里的云端有雄鹰盘旋
那一段激情岁月永远，怎会沉淀
我看见，山的脊椎上开满雪莲
我听见，涛声里行进着放歌的战友，那一刻
情感的波澜就像一杯酒，被颤抖的双手打翻
怎能忘记你，滚滚不息的
那一条长河，雪涌岸畔，色彩斑斓

我从西藏回到内地已有多年，可是
我听惯了那里的流水，流水如海潮呼啸
我记得那里的每一座高山
那绝世而居的，如邻的高山

移植光的人

可是，盛放黑暗的夜
又何曾安分过
有风，自由的穿梭在时间的走廊
一缝隙的光从哪儿钻出来的，执一苗弱火
它正在优雅地点燃，夜的衣襟

可是，捕食的野兽
顺便把夜也吞咽了几口
可是，有光在夜里乱窜
移植光的人被无边的黑暗，掩埋

山坡上，那一株荆棘吐出无数嶙峋的光焰
裸的夜，荡开欲望的气流，掠走了寂静

谁在试图破译夜的原声。有人与忧郁碰杯
一场大雪把昼与夜的裂痕，焊接
一对四十好几的夫妻，在低语
从门缝透进一丝光，拂如尘埃中的一柄锈剑
丰盈了他俩枕畔的梦

在这样一个维度，被时间之刀切开的
除了一团泥泞的光影，还剩夜的芳馨
移植光的人并不比我们幸运

记得那年，我守过七个月的靶场

子弹已经打出去了，两千发
或者两千零一发。打在远处的靶心上
打在黑色的靶中央。打得很准
打得很过瘾。发发无虚，弹弹铿锵。
一梭一梭的子弹打出去了，内核一样的靶心
面无表情。一上午，十杆枪，发烫的枪膛
终于吐完了它孤独的演说。

有些播音员的语速，快到打出去的子弹
一会儿，两千个字或者两千零一个字
噼里啪啦，扫射出去，吞吐自若，绝无差错。
有大雨的恣意酣畅，但，缺少铁器的凶悍
似乎少了一道剑的锋芒
任何职业都流传着它生涯的神圣
并以它的命中率而闪光。而守靶场的人
军阶很低。一接到任务
就像接到与敌国开战的消息
忙前忙后，全力做好战前的后勤，助力打赢
狂奔而去的子弹，出击时多么快慰

子弹已经完成了它的穿透力
匆忙划出两千道或者两千零一道
迷人的抛物线。

把靶场,想象成险象环生的战场
士兵的汗水早已汇成汪洋
野花、飞鸟、斜阳,都比不上
用意志力浇筑的士兵们的钢铁臂膀
雷雨来时,我在靶场上静观,而周山空茫。
我忽然察觉,这靶场就像一个和平的助推器
剑在前,春风在后
雨住,数十里山地有一种短暂的死寂
枕戈待旦的士兵们擦拭着代表国家发言的,枪管
靶场的剑气被飞出去的子弹匀走了一半
而全部的参数最终都在靶场、都在枪膛的准心舞动

我守过祖国的靶场,它是锻造英雄的胚胎
走在那片土地上,脚下总是硬梆梆的
营盘之上,军靴起落,它们被列队而来的汗水浇过
浇过千万次。而且,浇筑那些钢铁时
曾经发出过巨大的呼喊,杀声震天

在靶场,后来我想起了枪手的怀里
始终抱着一杆冒烟的枪。他们身着迷彩服

一开始就从气势上压倒对方，枪已上膛
祖国培养了英雄的胆魄
而每一次的扳机扣响，都百发百中
都将他们的信念刷新，为的是家国无恙

太阳是宇宙里鲜活的藏品

围栏打开，羊群奔向草场。
神已经目睹了我的苦难，或将继续目睹……

远山低云，碧水潆洄
我们都在忙碌，都在盘算。
从山水里取道，能走过几重?
岁序闲谈，檐下听雨，生命穿过雷区。
走在高原，挥别草原上几匹相向而行的马。
经幡上的一羽折扇，湖面上的一绢丝绸
一道光的奔放图。
谦卑是谦卑者合约的缔结方，
骄傲是骄傲者抵达的名利场。
无耻者常常会牵着别人的马，驮自己的盐。

这时，外面的雨还在下，
雨点洗亮了树叶，蒿草继续疯长。
玻璃器皿插着几枝干玫瑰，
一册章回小说我已追到七十三回。
一个首尾相接的圆，月亮的圆。灵魂的圆。

披着火焰的圆，是太阳的圆。
灵魂啊，拒绝宽大的院落，妖艳的花边，
拒绝转载上乘而虚假的美文。
灵魂啊，拒绝师长口吻的讲座，
拒绝从语法的便车道，擅自出入，
拒绝霓裳里肥袖胎圆的夹层。
灵魂啊，拥戴遣兴的真。

有旗号，就能制造一场盛宴。
俯拾时空，有没有与之匹配的作品?
掘金者也掘运气。检验人心的副标题，等人改写
各类粉墨登场，已经或正在完成。

太阳是宇宙里鲜活的藏品。
那些光阴曾经晃在酒杯。
在山坡静坐，遇见挖虫草的那个少年
脚底满是山里泥巴。四时杂谈，想起那年
你是我的全部，我却不是你——
太阳城下的惟一。

满脸瘀伤的我，看见繁霜缠着野草的婉藤
大地，所能携带的也就一碗水，清澈的江河。
一把伞，撑起万丈落雨的云。

也算是一页备忘录

感情是廉价的，比下午菜摊上的蔬菜更便宜
人生是动荡的，比公园里摇摆的秋千更恍惚
当爱情的城门沦陷
我中年婚姻的风景，便也迷人般的散乱
终究，时间拿破碎的婚姻是没辙的
很早，爱情的刺客就暗藏在某一个巷道
蠢蠢欲动。后来，慌不择路

你曾经的惊鸿照影这时已扩散成癌
我的爱情时常流落街头
像一个古代的罪臣流放塞外
在欲望的荒原，负隅顽抗了许多年

我对于婚姻的期许，已经大面积褪色
褪到色不附衣，魂不附体
无论怎样浓妆淡抹，爱情包括婚姻
都好比挂在衣架上的空袍
雨未停，如谁的泪不急不缓的滴落在树叶上
爱情的水草，在婚姻的盆栽里能存活多久？

当道德完成庭审，不需要择日宣判
谁在暗中移动灯下温煦的光华？
谁在践踏叶的碧绿，花的繁茂？
借问，情感经历多少次整容
它的纯度和它的锐度，方有
不容置疑的纯粹，诞生
你紫色的旗袍，是一丛褪色的秋草
爱，终究抵不过时间的捶打
和灵魂的把持
当千帆过尽，我们仰望彼此的天空
婚姻的大厦早已烽烟滚滚

心怀苦涩说到离恨
殊途之上已无重逢

我穿越茫茫风雪去和你离婚
任凭天之晴，天之阴
任凭月之圆，月之缺
我们将陌生如初
在一个不大的参照系里
观察一场婚姻的路径
透视一张影像的绝伦
两个人的手印摁在离婚协议书上，刹那之间
如你的口红涂遍了枫树
如我的残阳燃尽玫瑰，恰如完成
这一刀人间的败笔

一人怀抱月光走来

铁板一样深邃的夜
多少盏灯才能够抵御过于幽深的黑洞?

湖泊展开,群山依旧是优雅的坐姿
不见星星,月光化妆成一个虚词
天空提着无数盏灯
在黑暗的尽头,攒动
我让过往的黑暗养成不被外界的风声撬动
黑暗之处空无一人
黑暗之处埋藏着地火的冲动

揣着力气的昔年我与大地交换麦穗
一岁一丰盈的谷物盘踞于田野
像打开一座生命的水塔
丰收的词语,富含矿物质

一人怀抱月光走来,手持乐谱
在夜深人静时编舞
一颗灿然的流星划过苍穹的壮丽

成为这首曲子撞击黑暗的转折

大寒过后，流向山头的雪光

等待人们自由搬运

就像两个灵魂的初次相遇

二手的书页上滴有谁的眼泪?
那一个书签表达了谁的喜好?
翻开书页能看到谁曾经拥有的
宁静的时间和时间里的表情

蓝天和白云正在密集的会晤
一场斜雨即将淋湿我的窗户

那时我在他乡,也许你和我一样
走在一条林荫道上,也是这样的初夏时节
风扯扯我的衣襟,风也许会吹起你的秀发
看你留在书页上的那一行字迹,还有日期
我敢断定,你是一个对丑的挑衅敢于说不的人
无论容貌还是世间种种

唉,是什么原因让你的书籍流落至街头
流落在二手书商的手里
或者搬迁,或者嫁人
或者出国定居,或者就是一个或者

书里有你拿着铅笔的勾画
批注里吐露出你锐利的见地和思考的痕迹。
将书中的精彩部分,你用钢笔以双线条
都替我一一做了标注
更有意思的是,书里面出现各种钢笔的无序划痕
我猜想那该是你打瞌睡时的样子
我能想象到你赋予阅读以怎样的意义
想象到你那时候的手不释卷

在雨后的今夜,我和另一个阅读者对话
就像两个灵魂的初次相遇

但夜不会一直持续

命运和天空的星群一样，那么散乱的安排
幕后是暗蓝的窟洞。
找不到路，却能碰到迷茫的心绪。
或许神话布满天空，
或许真理还未长成，
所有的质疑都从长途奔袭而来
角落里放着谁肩上卸下的行囊，裹满埃尘。

楼上热烈的声音在子夜弥漫，
她的好脾气，和停电后点亮的蜡烛都即将用完。
无法入睡的夜，总是手挽着梦。
就读于外省一所不知名的大学
灯下弥漫着一股书卷气。

她青春的卧榻，包括但不限于与人共享的上下铺
暗黄的路灯，守着窗前静静的树影
岁月芬芳了一朵花的无限可能。
青春的腥香和厉香

草坪之上夜露初上，凝滞的空悬的湿雾。
残存的余温是眩光的血，谁在踉跄地舞？
她披衣而坐，搜寻窗外的气息
校舍的池水躺着星空的投影。
月牙像是挂在树上的灯笼
和海上的一艘船。
静寂是可以聆听的破绽
曙光来时有一瞬间的黑。疑团
是被车轮碾过去的，阴影

许是泥岸基石，阅尽舟帆
许是涛涌峡谷，应了千波。
当雄鸡昂头高歌时，夜已经露馅。
静思多像那一处低洼里的晚照
涂上了浅色的，自在的釉。
在静的夜空，穿过丛间小径
有人沿着寂寞消失在夜的尽头
但夜不会一直持续。